dearbooks

Der Ball von Sceaux, Adieu, Die Geheimnisse der Fürstin von Cadignan

Kurzgeschichten

Honoré de Balzac

Honoré de Balzac

Kurzgeschichten

Der Ball von Sceaux. Adieu. Die Geheimnisse der Fürstin von Cadignan

ISBN/EAN: 9783954551156
Auflage: 1
Erscheinungsjahr: 2012
Erscheinungsort: Bremen, Deutschland

© dearbooks in Europäischer Literaturverlag GmbH, Fahrenheitstr. 1, 28359 Bremen (www.dearbooks.de). Alle Rechte beim Verlag und bei den jeweiligen Lizenzgebern.
Covergemälde: Géza Faragó.

Novellen

Der Ball von Sceaux 7
Adieu 31
Die Geheimnisse der Fürstin von Cadignan 73

Der Ball von Sceaux

Der Graf von Fontaine, das Haupt einer der ältesten Familien Poitous, hatte der Sache der Bourbonen mit Intelligenz und Mut während der Kämpfe der Vendéer gegen die Republik gedient. Nachdem er allen Gefahren entronnen war, die die royalistischen Anführer in dieser stürmischen Epoche der zeitgenössischen Geschichte bedroht hatten, pflegte er scherzend zu sagen: »Ich bin einer von denen, die sich auf den Stufen des Throns haben töten lassen!« Dieser Scherz hatte etwas Wahres bei einem Manne, den man an dem blutigen Tage von Quatre-Chemins für tot liegen gelassen hatte. Obgleich durch die Konfiskationen ruiniert, weigerte sich dieser getreue Vendéer beharrlich, eine der einkömmlichen Stellungen anzunehmen, die ihm der Kaiser Napoleon anbieten ließ. Unbeugsam in seinen aristokratischen Anschauungen, handelte er auch blind nach diesen Grundsätzen, als er es an der Zeit hielt, sich eine Lebensgefährtin zu wählen. Trotz der verführerischen Angebote eines reichen republikanischen Parvenüs, der sich eine solche Heirat viel Geld hätte kosten lassen, verehelichte er sich mit einem Fräulein von Kergarouet, die vermögenslos, deren Familie aber eine der ältesten der Bretagne war. Von der Restauration wurde Herr von Fontaine überrascht, als er bereits eine zahlreiche Familie besaß. Obwohl es dem vornehmen Edelmann nicht in den Sinn gekommen wäre, eine Gunst für sich zu erbitten, gab er doch dem Wunsche seiner Frau nach, verließ seinen Landsitz, dessen bescheidener Ertrag kaum für die Bedürfnisse seiner Kinder ausreichte, und ging nach Paris. Angewidert von der Begehrlichkeit, mit der seine alten Kameraden auf die Stellungen und Würden, die die konstitutionelle Regierung zu vergeben hatte, Jagd machten, war er schon im Begriff, auf sein Landgut zurückzukehren, als er einen Brief des Ministers erhielt, in dem ihm eine ziemlich berühmte Exzellenz seine Erhebung zum Range eines Feldmarschalls mitteilte, aufgrund der Ordonnanz, wonach es Offizieren der katholischen Armeen gestattet war, sich die ersten zwanzig Jahre einer einer fingierten Regierung Ludwigs XVIII. als Dienstzeit anzurechnen. Einige Tage später empfing der Vendéer auch noch, ohne darum gebeten zu haben, sondern von Amts wegen, das Kreuz des Ordens der Ehrenlegion und das Sankt-Ludwigskreuz. Durch diese aufeinanderfolgenden Gnadenbeweise wurde er in seinem Entschlusse wieder schwankend, da er sie dem Umstände zuschreiben zu müssen glaubte, dass der Monarch sich seiner erinnert habe; er begnügte sich nicht mehr damit, seine Familie alle Sonntage, wie er es unverbrüchlich getan hatte, in den Marschallsaal der Tuilerien zu führen und dort, wenn sich die Prinzen in die Kapelle begaben, »Es lebe der König« zu rufen, sondern er suchte um die Gunst einer besonderen Audienz nach. Diese sofort bewilligte Audienz hatte aber keinen besonderen Charakter. Der Saal im Schlosse war voll von alten Dienern, deren gepuderte Köpfe, aus einer gewissen Höhe gesehen, einem Teppich aus Schnee glichen. Hier traf der Edelmann alte Kameraden, die ihn aber etwas kühl begrüßten; die Prinzen allerdings erschienen ihm »anbetungswürdig«, – ein Ausdruck, der ihm in seinem Enthusiasmus entschlüpfte – als der liebenswürdigste seiner Herrscher, dem der Graf nur dem Namen nach bekannt zu sein glaubte, zu ihm herantrat, ihm die Hand drückte und ihn als den echtesten Vendéer bezeichnete. Trotz dieser Huldigung kam aber keiner der erlauchten Persönlichkeiten auf den Gedanken, ihn über die Höhe seiner Verluste oder der Beträge, die er in generöser Weise den Kassen der katholischen Armee hatte zufließen lassen, zu befragen. Er erkannte ein wenig spät, dass er Krieg auf eigene Kosten geführt hatte. Gegen Ende des Abends glaubte er eine geistreiche Anspielung auf den Stand seiner Vermögensverhältnisse wagen zu dürfen, der dem vieler anderer Edelleute glich. Seine Majestät lachte herzlich, weil jedes Wort, das von Geist zeugte, imstande war, sein Gefallen zu erregen; aber sie antwortete nur mit einem der königlichen Scherze, deren Liebenswürdigkeit mehr zu fürchten war, als ein im Zorn ausgesprochener Tadel. Einer der intimsten Vertrauten des Königs zögerte auch nicht, sich dem schlauen Vendéer zu nähern, und gab ihm mit einer feinen höflichen Bemerkung zu verstehen, dass der Moment noch nicht gekommen sei, wo man den Herrschern seine Rechnung präsentieren könne: auch befanden sich auf dem Tische noch viele Denkschriften, die älter waren als sein Anliegen, und die sicher von Wichtigkeit für die Geschichte der Revolutionszeit waren. Der Graf entfernte sich klüglich aus der verehrungswürdigen Gruppe, die respektvoll einen Halbkreis um die erlauchte Familie bildete; dann, nachdem er seinen Degen, der ihm zwischen seine dünnen Beine geraten war, wieder zurechtgeschoben hatte, begab er sich zu Fuß über den Hof der Tuilerien zu seinem Mietswagen, den er am Quai hatte halten lassen. Mit der Halsstarrigkeit, die den Adel vom alten Schlage auszeichnet, bei dem die Erinnerung an die Liga und die Barrikaden noch nicht erloschen ist, schimpfte er in seinem Wagen so laut, dass er sich dadurch kompromittieren konnte, über die Veränderung, die bei Hofe eingetreten war. »Ehemals«, sagte er zu sich, »sprach jedermann frei mit dem Könige über seine privaten Angelegenheiten, die Edelleute konnten nach ihrem Gefallen ihn um eine Gnade und um Geld bitten, und heute soll man, ohne Lärm zu machen, nicht einmal die Rückzahlung von Geldern verlangen können, die man in seinem Interesse vorgestreckt hat? Zum Donnerwetter! Das Sankt-Ludwigskreuz und der Rang eines Feldmarschalls sind doch kein Ausgleich für die dreihundertausend Franken, die ich rund und nett für die Sache des Königs hergegeben habe. Ich will noch mal mit dem Könige reden, von Angesicht zu Angesicht in seinem Kabinett.«

Dieser Vorgang kühlte den Eifer des Herrn von Fontaine um so mehr ab, als seine Gesuche um eine Audienz beständig unbeantwortet blieben. Andererseits musste er sehen, wie Eindringlinge vom kaiserlichen Hof her mehrfach Chargen erhielten, die unter der alten Monarchie nur den Mitgliedern der besten Häuser vorbehalten gewesen waren.

»Es ist alles verloren«, sagte er eines Morgens zu sich. »Der König ist unzweifelhaft niemals etwas anderes als ein Revolutionär gewesen. Hätten wir nicht seinen Bruder, der nicht wankt und der Trost seiner getreuen Diener ist, dann wüsste ich nicht, in welche Hände eines Tages die Krone Frankreichs geraten könne, wenn diese Art zu regieren so weiter geht. Ihre verdammte konstitutionelle Verfassung ist die schlechteste aller Regierungsformen, und Frankreich wird sich ihr niemals anpassen. Ludwig XVIII. und Herr Beugnot haben uns in Saint-Ouen alles verdorben.«

Der Graf, der alle Hoffnungen aufgegeben hatte, schickte sich an, auf sein Landgut zurückzugehen und gab großmütig alle seine Ansprüche auf Schadloshaltung auf. In diesem Moment kündigten die Ereignisse des zwanzigsten März einen neuen Sturm an, der das legitime Königtum und seine Verteidiger mit fortzureißen drohte. Gleich den zartfühlenden Leuten, die einen Diener bei Regenwetter nicht ausschicken, nahm Herr von Fontaine Geld auf seine Besitzung auf, um dem auf der Flucht befindlichen Königshause folgen zu können, ohne zu wissen, ob sein Anschluss an die Emigranten für ihn nutzbringender sein würde, als es seine Hingebung in der vergangenen Zeit gewesen war; da er aber bemerkt hatte, dass die Exilgenossen mehr in Gunst standen, als die Tapferen, die einstmals sich gegen die Aufrichtung der Republik mit bewaffneter Hand aufgelehnt hatten, so durfte er vielleicht hoffen, aus diesem Aufenthalt in der Fremde größeren Vorteil zu ziehen, als durch tätige und gefährliche Dienstleistungen im Lande. Diese Erwägungen eines Hofmanns waren keine Spekulationen ins Blaue hinein, die auf dem Papier glänzende Resultate verheißen, aber bei ihrer Ausführung zum Ruin führen. So wurde er, nach dem Ausspruch des geistreichsten und gewandtesten unsrer Diplomaten, einer von den fünfhundert getreuen Dienern, die das königliche Exil in Gent teilten, und die in einer Anzahl von fünfzigtausend aus ihm zurückkehrten. Während dieser kurzen Abwesenheit des Königshauses hatte Herr von Fontaine das Glück, von Ludwig XVIII. zu Diensten verwendet zu werden; und es fand sich mehr als eine Gelegenheit, da er dem Könige den Beweis großer politischer Zuverlässigkeit und treuer Anhänglichkeit geben konnte. Eines Abends, als der Monarch gerade nichts Besseres zu tun hatte, erinnerte er sich an das Bonmot, das Herr von Fontaine damals in den Tuilerien geäußert hatte. Der alte Vendéer ließ sich eine solche Gelegenheit nicht entgehen und erzählte seine Geschichte geistvoll genug, sodass der König, der nichts vergaß, sich zu geeigneter Zeit daran erinnern konnte. Dem erlauchten Literaten fiel auch die gewandte Form auf, die einige Noten zeigten, mit deren Redaktion der diskrete Edelmann betraut worden war. Dieses unbedeutende Verdienst prägte Herrn von Fontaine dem Gedächtnis des Königs als einen der loyalsten Diener der Krone ein. Nach der zweiten Rückkehr wurde der Graf zu einem der außerordentlichen Sendboten ernannt, die die Departements bereisten und die Aufgabe hatten, über die Begünstiger der Rebellion das entscheidende Urteil zu fällen; aber er machte nur mäßigen Gebrauch von seiner furchtbaren Machtvollkommenheit. Sobald diese temporäre Rechtsprechung erledigt war, konnte sich der bisherige Generalprofos auf einem der Stühle des Staatsrats niederlassen, wurde Deputierter, als welcher er wenig sprach, aber aufmerksam zuhörte, und änderte seine Anschauungen erheblich. Mehrere den Biografen unbekannt gebliebene Umstände ließen ihn mit dem Könige so vertraut werden, dass der boshafte Monarch ihn einmal beim Hereintreten mit den Worten empfing: »Fontaine, mein lieber Freund, ich würde mir nicht einfallen lassen, Sie zum Generaldirektor oder zum Minister zu ernennen! Weder Sie noch ich könnten, wenn wir ein solches Amt hätten, bei unserm Anschauungen darin verbleiben. Das Repräsentativsystem hat die gute Seite, dass es uns die Peinlichkeit erspart, die wir früher empfanden, wenn wir unsere Staatssekretäre selber fortschicken mussten. Unser Staatsrat ist zu einem Wirtshaus geworden, in das die öffentliche Meinung uns häufig seltsame Reisende schickt; aber schließlich werden wir doch immer wissen, wie wir unsre getreuen Diener unterzubringen haben.« Nach dieser boshaften Eröffnung erging eine Ordonnanz, durch die Herr von Fontaine mit der Verwaltung einer Domäne, die Privateigentum der Krone war, betraut wurde. Infolge der verständnisvollen Aufmerksamkeit, mit der er die Sarkasmen seines königlichen Freundes anhörte, kam sein Name immer Seiner Majestät auf die Zunge, sobald eine Kommission gebildet werden musste, deren Mitglieder reiche Gehälter empfingen. Er war klug genug, über die Gunst, mit der ihn der Monarch beehrte, Stillschweigen zu bewahren, und verstand es, den König durch seine pikante Erzählungskunst bei den vertraulichen Plaudereien gut zu unterhalten, die Ludwig XVIII. ebenso sehr liebte, wie gefällig abgefasste Billetts, politische Anekdoten und, wenn man sich dieses Ausdrucks bedienen darf, diplomatische oder parlamentarische Kankans, die damals im Überfluss zirkulierten. Man weiß, dass Details über seine »Regierungsbefähigung«, ein Ausdruck, den der erlauchte Spötter aufgenommen hatte, ihn außerordentlich belästigten. Dank der Klugheit, dem Geist und der Gewandtheit des Grafen von Fontaine konnte jedes Glied seiner zahlreichen Familie, so jung es auch war, sich schließlich, wie er sich gegen seinen Herrn scherzhaft ausdrückte, wie ein Seidenwurm auf die Blätter des Etats setzen. So erhielt durch königliche Gnade sein ältester Sohn eine hervorragende Stellung in der unabsetzbaren Richterschaft. Der zweite, vor der Restauration einfacher Hauptmann, bekam unmittelbar nach seiner Rückkehr aus Gent das Kommando einer kaiserlichen Legion; dann kam er, anlässlich der Umwälzungen im Jahre 1815, während deren man sich nicht an das Reglement hielt, in die königliche Garde, von da wieder zu den Gardes du Corps, wurde dann nochmals zur Linie versetzt und war schließlich, nach der Affäre des Trocadero, Generalleutnant mit einem Kommando bei der Garde. Der Jüngste, zum Unterpräfekten ernannt, wurde bald Generalsteuereinnehmer und Abteilungsdirektor bei der Pariser Stadtverwaltung, wo er vor allen Gefahren gesetzgeberischer Umwälzungen geborgen war. Diese unauffälligen Gnadenbeweise, die ebenso geheim blieben wie die Gunst, in der der Grafstand, ergossen sich, ohne Aufsehen zu erregen, über die Familie. Obgleich der Vater und die drei Söhne nun jeder genügend Sinekuren besaß, um sich des Genusses eines sicheren Einkommens zu erfreuen, das fast so groß war wie das eines Generaldirektors, so erregte ihr Glück, das sie ihrer politischen Stellung verdankten, doch niemandes Neid. In dieser Zeit der ersten konstitutionellen

Einrichtungen hatten nur wenige einen richtigen Begriff von den friedlichen Regionen des Budgets, in denen geschickte Günstlinge Ersatz für zerstörte Abteien zu finden verstanden. Der Graf von Fontaine, der sich noch vor Kurzem gerühmt hatte, dass er die Verfassung nie gelesen habe, zögerte nicht, seinem erhabenen Herrn zu beweisen, dass er ebenso gut wie er den Geist und die Hilfsquellen des »Repräsentativsystems« begriffen habe. Aber trotz der sicheren Karrieren, die sich seinen drei Söhnen eröffnet hatten, trotz der pekuniären Vorteile, die sich aus den vier Stellungen ergaben, stand Herr von Fontaine doch an der Spitze einer zu zahlreichen Familie, als dass er schnell und leicht wieder zu Vermögen hätte kommen können. Seine drei Söhne waren reich an Zukunftshoffnungen, Gunst und Begabung; aber er besaß noch drei Töchter und musste fürchten, die Güte des Monarchen zu ermüden. Er hatte sich daher vorgenommen, immer nur von einer dieser Jungfrauen mit ihm zu reden, wenn sie die Hochzeitsfackel entzünden wollten. Der König besaß einen zu guten Geschmack, als dass er sein Werk hätte unvollendet lassen wollen. Die Heirat der Ältesten mit einem Generaleinnehmer, Planat de Baudry, kam zustande aufgrund eines königlichen Ausspruchs, der nichts kostete und Millionen einbrachte. Eines Abends musste der Monarch, der schlechter Laune war, lächeln, als er von der Existenz eines zweiten Fräuleins von Fontaine hörte, die er dann mit einem jungen Richter verheiratete, der zwar, es ist wahr, von bürgerlicher Herkunft, aber reich und von großer Begabung war, und den er zum Baron machte. Als aber im nächsten Jahre der Vendéer von Fräulein Emilie von Fontaine sprach, da erwiderte ihm der König mit seiner schwachen rauen Stimme: »Amicus Plato, sed magis amica Natio«. Dann, einige Tage später, verehrte er seinem »Freunde Fontaine« einen ziemlich harmlosen Vierzeiler, den er ein Epigramm nannte, und in dem er über seine drei Töchter scherzte, die er so gewandt unter der Form einer Trinität vorgebracht hätte. Wenn man der Chronik Glauben schenken darf, so hatte der König mit seinem Bonmot auf die göttliche Dreieinigkeit anspielen wollen.

»Würde sich der König nicht herablassen, sein Epigramm in ein Hochzeitsgedicht umzuwandeln?«, sagte der Graf, indem er versuchte, diese Laune zu seinen Gunsten zu lenken.

»Wenn ich auch die Reime dazu fände, so könnte ich doch keinen Sinn hineinbringen«, erwiderte scharf der König, der einen solchen Scherz über sein Dichten, wie milde er auch war, nicht liebte. Von diesem Tage an wurde sein Verkehr mit Herrn von Fontaine weniger freundlich. Die

Könige sind widerspruchsvoller, als man gewöhnlich glaubt. Wie fast alle spät geborenen Kinder war Emilie von Fontaine der von aller Welt verwöhnte Benjamin. Die Kühle des Königs war daher dem Grafen um so schmerzlicher, als niemals eine Heirat schwerer zustande zu bringen war, als die dieser geliebten Tochter. Um alle diese Schwierigkeiten zu verstehen, muss man sich in das Innere des schönen Hauses begeben, in dem der Leiter der Domäne auf Kosten der Zivilliste untergebracht war. Emilie hatte ihre Kindheit auf dem Familiengute verbracht, wo ihr alle Wünsche der frühen Jugend reichlich erfüllt wurden; ihr geringstes Verlangen war für ihre Schwestern, ihre Brüder, für die Mutter und selbst für den Vater Gesetz. Alle ihre Angehörigen waren in sie vernarrt. Als sie ins Alter der Erwachsenen gelangt war, gerade zu der Zeit, da die Familie sich der größten Gunst der Geschicke erfreute, setzte sie ihr vergnügtes Leben fort. Der Pariser Luxus erschien ihr ebenso selbstverständlich, wie der Reichtum an Blumen und Früchten und wie der Überfluss auf dem Lande, der das Glück ihrer ersten Lebensjahre ausgemacht hatte. Ebenso wie sie niemals in ihrer Kinderzeit auf einen Widerspruch gestoßen war, wenn sie ihre Wünsche nach irgendeinem Vergnügen erfüllt sehen wollte, ebenso sah sie, dass sie nur zu befehlen brauchte, als sie sich im Alter von vierzehn Jahren in den Strudel des Gesellschaftstreibens stürzte. Schrittweise an die Genüsse, die der Reichtum gewährt, gewöhnt, wurden ihr ausgesucht feine Toiletten, reich geschmückte Salons und kostbare Equipagen ebenso unentbehrlich, wie wahre oder falsche schmeichelhafte Komplimente und die Feste und das nichtige Getriebe bei Hofe. Wie die meisten verwöhnten Kinder tyrannisierte sie alle, die sie liebten, und sparte ihre Liebenswürdigkeit für die Gleichgültigen auf. Ihre Fehler wurden mit den Jahren nur immer schlimmer, und ihre Angehörigen sollten bald die bitteren Früchte einer so verderblichen Erziehung zu kosten bekommen. Mit neunzehn Jahren hatte Emilie von Fontaine noch keine Wahl unter den zahlreichen jungen Männern treffen wollen, die Herr von Fontaine mit Absichten zu seinen Gesellschaften einlud. Obwohl sie noch jung war, erfreute sie sich in der Gesellschaft aller Freiheit, die einer geistvollen Frau zugestanden wird. Wie die Könige hatte sie keine Freunde und sah überall um sich nur Dienstfertigkeit, ein Verhalten, dem auch eine bessere Natur als sie wohl nicht hätte widerstehen können. Kein Mann, selbst kein alter Mann, war imstande, den Ansichten eines jungen Mädchens zu widersprechen, von dem ein einziger Blick auch ein kaltes Herz zu entflammen vermochte. Sorgfältiger als ihre Schwestern erzogen, malte sie ziemlich gut, sprach italienisch und englisch und spielte Klavier so gut, dass andere Spieler an sich verzweifelten; endlich besaß ihre von den besten Lehrern ausgebildete Stimme eine Süße, die ihrem Gesang einen unwiderstehlichen Zauber verlieh. Geistvoll und in allen Literaturen zu Hause, hätte sie an den Ausspruch Mascarilles glauben machen können, dass bedeutende Leute schon alles wissen, wenn sie zur Welt kommen. Es wurde ihr leicht, über die italienische oder die niederländische Malerei, über Mittelalter oder Renaissance zu sprechen, sie gab aufs Geratewohl ihr Urteil über alte und neue Bücher ab und wusste in grausamer geistreicher Weise die Fehler eines Werkes deutlich zu kennzeichnen. Ihre einfachsten Aussprüche wurden von einer in sie vernarrten Menge aufgenommen wie ein »Fetfa« des Sultans von den Türken. So blendete sie oberflächliche Leute; tiefere Geister erkannte sie mit angeborenem Takt heraus, und ihnen gegenüber entfaltete sie so viel Liebenswürdigkeit, dass sie durch dieses bezaubernde Wesen sich einer strengeren Prüfung entziehen konnte. Hinter dieser verführerischen Oberfläche verbarg sich ein unempfindliches Herz und die vielen jungen Mädchen gemeinsame Anschauung, dass niemand hoch genug gestellt war, um den Adel ihrer Seele begreifen zu können, dazu noch ein Stolz, der sich ebenso auf ihre Herkunft, wie auf ihre Schönheit stützte. Da ihr jedes heiße Empfinden, das früher oder später in dem Herzen einer Frau Verwüstungen anrichtet, fernlag, kam ihr jugendliches Feuer nur in einer maßlosen Sucht nach Auszeichnung, verbunden mit der tiefsten Verachtung der bürgerlichen Kanaille, zum Ausdruck. Sehr hochfahrend gegenüber dem neuen Adel, machte sie alle Anstrengungen, damit ihre Angehörigen sich auf gleichen Fuß mit den berühmtesten Familien des Faubourg Saint-Germain stellen konnten.

Diese Empfindungen waren dem aufmerksamen Auge des Herrn von Fontaine nicht entgangen, der nach der Verheiratung seiner beiden ältesten Töchter mehr als einmal über die Sarkasmen und Bonmots Emilies seufzte. Logisch Denkende werden erstaunt darüber sein, dass der alte Vendéer seine älteste Tochter einem Generaleinnehmer gegeben hatte, der zwar wohl mehrere frühere adlige Güter besaß, vor dessen Namen sich aber der Partikel nicht befand, dem der Thron so viele Verteidiger verdankte, und seine zweite Tochter einem Beamten, dessen Baronie noch zu jung war, um vergessen zu lassen, dass sein Vater Holzhändler gewesen war. Der bemerkenswerte Umschwung in den Anschauungen des Edelmanns, der eintrat, als er sein sechzigstes Lebensjahr erreichte, ein Alter, in dem die Menschen nur selten ihren alten

Standpunkt aufgeben, war nicht nur dem Aufenthalt in dem modernen Babylon, wo alle Provinzler schließlich ihre Herbheit einbüßen, zuzuschreiben; die neue politische Meinung des Grafen von Fontaine war auch das Resultat der Ratschläge und der Freundschaft des Königs. Dieser philosophische Fürst hatte Gefallen daran gefunden, den Vendéer zu den Ideen zu bekehren, die der Fortschritt des neunzehnten Jahrhunderts und die Erneuerung der Monarchie forderten. Ludwig XVIII. wollte Parteien schaffen, wie Napoleon Einrichtungen und Männer geschaffen hatte. Der legitime König, der vielleicht ebenso geistvoll war wie sein Rivale, handelte in entgegengesetztem Sinne. Das letzte Haupt des Hauses Bourbon war ebenso bemüht, dem dritten Stand und den Männern des Kaiserreichs, den Klerus inbegriffen, Genüge zu tun, wie der erste der Napoleons sich beeifert hatte, die Grandseigneurs an sich zu ziehen und die Kirche zu bereichern. Vertraut mit den Gedanken des Königs, war der Staatsrat unmerklich einer der einflussreichsten und klügsten Führer der gemäßigten Partei geworden, die im Namen der nationalen Interessen lebhaft eine Einigung der politischen Ansichten wünschte. Er predigte die kostspieligen Prinzipien einer konstitutionellen Regierung und unterstützte mit aller Kraft das Spiel der politischen Schaukel, die seinem Herrn gestaltete, inmitten der Umtriebe die Regierung Frankreichs fortzuführen. Vielleicht schmeichelte sich auch Herr von Fontaine mit dem Gedanken, bei einem der gesetzgeberischen stürmischen Umschwünge, deren merkwürdige Ergebnisse damals auch die ältesten Politiker überraschten, zur Pairswürde zu gelangen. Einer seiner starrsten Grundsätze besagte, dass er in Frankreich keinen andern Adel anerkennen könne, als den der Pairs, deren Familien die einzigen seien, die Privilegien besäßen.

»Ein Adel ohne Privilegien«, pflegte er zu sagen, »ist ein Griff ohne Messer.«

Der Partei Lafayettes ebenso fernstehend wie der Partei La Bourdonnayes, versuchte er eifrig, die allgemeine Versöhnung durchzusetzen, aus der eine neue Ära und eine glänzende Zukunft für Frankreich entstehen sollte. Er bemühte sich, die Familien, die in seinem Hause verkehrten, und die, die er besuchte, davon zu überzeugen, wie wenig günstige Chancen zurzeit die militärische und die Beamtenkarriere böte. Er empfahl den Müttern, ihre Kinder freien und industriellen Berufen zuzuwenden, indem er ihnen zu verstehen gab, dass die hohen Stellungen beim Heer und bei der Verwaltung schließlich doch ganz konstitutionellerweise den jüngeren Söhnen der Adelsfamilien der Pairs vorbehalten bleiben müssten. Nach seiner Ansicht habe die Nation sich einen genügend großen Anteil an der Verwaltung durch die gewählte Volksvertretung erobert und durch ihre Plätze in der Richterschaft und der Finanz, die, wie er meinte, immer, wie früher auch, das Erbteil der hervorragenden Männer des dritten Standes sein würden. Diese neuen Ideen des Familienhauptes der Fontaines und die klugen Eheschließungen seiner beiden älteren Töchter, die deren Resultat waren, hatten starken Widerstand in seinem Hause erfahren. Die Gräfin von Fontaine blieb ihren alten Grundsätzen treu, die eine Frau, die mütterlicherseits zu den Rohans gehörte, auch nicht gut verleugnen konnte. Aber wenn sie sich auch eine kurze Zeit dem Glück und dem Reichtum, der ihren beiden älteren Töchtern winkte, widersetzt hatte, so fügte sie sich doch nach einigen vertraulichen Aussprachen, wie sie Eheleute abends miteinander zu halten pflegen, wenn sie auf demselben Kopfkissen ruhen. Herr von Fontaine bewies seiner Frau mit kühler genauer Rechnung, dass der Aufenthalt in Paris, die Verpflichtung, hier zu repräsentieren, der Glanz ihres Hauses, der sie für die Entbehrungen, die sie so tapfer miteinander hinten in der Vendée ertragen hatten, entschädigen sollte, und die Ausgaben, die sie für ihre Söhne gemacht hatten, den größten Teil ihres festen Einkommens verschlangen. Man musste also die Gelegenheit, die sich bot, ihre Töchter so reich zu verheiraten, wie eine göttliche Gnade ansehen und ergreifen. Würden sie nicht eines Tages ein Einkommen von sechzig-, achtzig- oder hunderttausend Franken Rente haben? So vorteilhafte Partien boten sich nicht alle Tage für Mädchen ohne Mitgift. Es wäre auch schließlich Zeit, ans Sparen zu denken, um das Gut der Fontaines zu vergrößern und den alten Landbesitz der Familie wiederherzustellen. Die Gräfin fügte sich, wie es alle Mütter an ihrer Stelle und vielleicht mit schnellerem Entgegenkommen getan hätten, so überzeugenden Gründen; aber sie erklärte, wenigstens müsste ihre Tochter Emilie so verheiratet werden, dass der Stolz, den man unglücklicherweise in dieser jungen Seele mit hatte sich entwickeln helfen, zufriedengestellt werden würde.

So hatten die Ereignisse, die eigentlich Freude in dieser Familie hätten hervorrufen müssen, ihr einen kleinen Keim zur Zwietracht eingepflanzt. Der Generalunternehmer und der junge Richter wurden mit zeremonieller Kühle, die die Gräfin und ihre Tochter Emilie um sich zu verbreiten wussten, aufgenommen. Ihr Aufrechthalten der Etikette fand noch ein weit größeres Betätigungsfeld für ihre häusliche Tyrannei: Der Generalleutnant heiratete Fräulein Mongenod, die Tochter eines reichen

Bankiers; der Präsident vermählte sich verständigerweise mit einer Dame, deren Vater, zwei- oder dreifacher Millionär, sein Vermögen im Salzhandel erworben hatte; schließlich bekannte sich auch der dritte Bruder zu solchen bürgerlichen Anschauungen, indem er ein Fräulein Grossetéte, die einzige Tochter des Generalsteuereinnehmers von Bourges, zur Frau nahm. Die drei Schwägerinnen und die beiden Schwäger fanden so viel Reiz und persönliches Interesse daran, sich in der hohen Sphäre der politischen Machthaber und in den Salons der Faubourg Saint-Germain bewegen zu dürfen, dass sie alle vereint einen Hofstaat um die hochmütige Emilie bildeten. Dieser auf Interesse und Stolz gebaute Pakt war aber doch nicht so fest gezimmert, dass die junge Souveränin nicht häufig Revolutionen in ihrem Hof kreise hervorrief. Szenen, die sich allerdings in gemessenen Grenzen hielten, hatten bei allen Gliedern dieser einflussreichen Familie einen mokanten Ton entstehen lassen, der, wenn er auch die öffentlich zur Schau getragenen freundschaftlichen Beziehungen nicht wesentlich beeinträchtigte, doch bisweilen im Familienkreise wenig wohlwollende Gefühle zum Ausdruck kommen ließ. So hielt sich die Frau des Generalleutnants für ebenso vornehm wie eine Kergarouet und behauptete, dass ihre schönen hunderttausend Franken Einkommen ihr das Recht gäben, sich ebenso hochfahrend zu benehmen wie ihre Schwägerin Emilie, der sie zuweilen ironisch ihre Wünsche für eine glückliche Ehe aussprach, wobei sie ihr mitteilte, dass die Tochter irgendeines Pairs soeben einen Herrn, der ganz kurz Soundso hieß, geheiratet habe. Die Frau des Vicomte von Fontaine gefiel sich darin, durch den Geschmack und den Reichtum ihrer Toiletten, ihrer Möbel und ihrer Equipagen Emilie auszustechen. Die spöttische Miene, mit der die Schwägerinnen und die beiden Schwäger manchmal die von Fräulein von Fontaine geltend gemachten Prätentionen aufnahmen, erregte bei ihr einen Zorn, den sie kaum durch einen Hagel von boshaften Bemerkungen beschwichtigen konnte. Als das Haupt der Familie die Abkühlung der verschwiegenen und schwankenden Freundschaft des Monarchen verspürte, war er um so mehr in Sorge, als infolge der spöttischen Herausforderung ihrer Schwester seine geliebte Tochter ihre Ansprüche höher schraubte als jemals.

Während die Dinge so lagen, und zu der Zeit, da dieser häusliche Krieg recht ernst geworden war, verfiel der Monarch, bei dem Herr von Fontaine wieder in Gunst zu kommen hoffte, in eine Krankheit, die ihm den Tod bringen sollte. Der große Politiker, der sein Schiff durch alle Stürme zu steuern verstanden hatte, musste jetzt unabwendbar unterliegen. In Ungewissheit, auf welche Gunst er in Zukunft würde rechnen können, gab sich der Graf von Fontaine die größte Mühe, seiner jüngsten Tochter die Elite der heiratsfähigen jungen Männer vorzuführen. Wer das schwierige Problem, eine stolze und fantastisch gesinnte Tochter zu verheiraten, zu lösen versucht hat, wird vielleicht verstehen, was für Anstrengungen der arme Vendéer machte. Wäre ihm das nach dem Wunsche seines geliebten Kindes geglückt, so hätte dieser letzte Erfolg den Weg, den der Graf seit zehn Jahren in Paris zurückgelegt hatte, in würdiger Weise abgeschlossen. In der Art, wie seine Familie sich ihre Einkünfte von allen Ministerien erobert hatte, konnte sie sich mit dem Hause Österreich vergleichen, das durch seine Verbindungen ganz Europa an sich zu reißen droht. So ließ sich auch der alte Vendéer nicht abschrecken, immer neue Bewerber vorzustellen, so sehr lag ihm das Glück seiner Tochter am Herzen; aber nichts war amüsanter als die Art und Weise, mit der dieses hochfahrende Wesen ihr Urteil abgab und die Eigenschaften ihrer Anbeter kritisierte. Man hätte meinen sollen, Emilie wäre, wie eine Prinzessin aus arabischen Märchen, so reich und so schön, dass sie das Recht hätte, unter sämtlichen Prinzen der Welt ihre Wahl zu treffen; von ihren Einwänden war einer lächerlicher als der andere: der eine hatte zu dicke Beine oder zu knochige Knien, der andere war kurzsichtig, dieser hätte den Namen Durand, jener hinke, fast alle waren ihr zu dick. Lebhafter, reizender und vergnügter als je, stürzte sie sich, nachdem sie zwei oder drei Bewerber abgewiesen hatte, in den Trubel der Winterfeste und Bälle, wo ihr durchdringender Blick die Tagesberühmtheiten prüfte, und wo sie ein Vergnügen darin fand, Bewerbungen herauszufordern, die sie dann immer zurückwies. Für diese Celimenenrolle war sie von der Natur mit den erforderlichen Vorzügen überreich ausgestattet worden. Groß und schlank, besaß Emilie von Fontaine ein nach ihrem Belieben hoheitsvolles oder mutwilliges Auftreten. Ihr etwas langer Hals erlaubte ihr, eine reizende Haltung voller Hochmut und Rücksichtslosigkeit anzunehmen. Sie hatte die mannigfaltigsten Gesichtsausdrücke und weiblichen Gesten, die so grausam und so gut zu ihren halblauten Worten und ihrem Lächeln passten, zur Verfügung. Schönes schwarzes Haar und sehr starke, kräftig geschwungene Augenbrauen verliehen ihrer Physiognomie einen stolzen Ausdruck, den sie mithilfe ihrer Koketterie und ihres Spiegels durch Festigkeit oder Süße des Blicks, durch Starrheit oder leichte Bewegung der Lippen, durch Kühle oder Liebenswürdigkeit des Lächelns schrecklich zu machen oder zu mildern verstand. Wenn Emilie ein Herz erobern wollte, dann hatte ihre klare Stimme einen melodischen Klang; aber sie konnte sie ebenso scharf und schneidend erklingen lassen, wenn sie die indiskrete Sprache eines Kavaliers zum Schweigen bringen wollte. Ihr weißer Teint und ihre Alabasterstirn erinnerten an die durchsichtige Oberfläche eines Sees, die sich abwechselnd unter dem Hauch einer Brise kräuselt und ihre heitere Ruhe wiedergewinnt, wenn der Luftzug nachgelassen hat. Mehr als einer von den jungen Männern, die von ihr abgelehnt worden waren, hatte sie beschuldigt, dass sie Komödie spiele; aber sie war dadurch gerechtfertigt, dass sie auch denen, die übel über sie redeten, den Wunsch einflößte, ihr zu gefallen und sich ihrer koketten Geringschätzung zu unterwerfen. Keins der jungen Mädchen, um die man sich drängte, verstand es besser, den Gruß eines begabten Mannes hoheitsvoll zu erwidern, oder ihresgleichen mit beleidigender Höflichkeit wie Untergeordnete zu behandeln und ihre Nichtachtung alle die fühlen zu lassen, die sich mit ihr auf gleiche Stufe stellen wollten. Wo sie sich auch befand, überall schien sie mehr Huldigungen entgegenzunehmen als Liebenswürdigkeiten, und selbst im Salon einer Prinzessin hätte ihr Wesen und ihre Haltung, den Stuhl, auf dem sie Platz genommen, in einen Kaiserthron verwandelt.

Zu spät erkannte Herr von Fontaine, wie sehr die Erziehung seiner Lieblingstochter durch die zärtliche Verwöhnung der ganzen Familie verdorben worden war. Die Bewunderung, mit der einem jungen Mädchen zuerst von der Gesellschaft gehuldigt wird, für die sie sich aber später unvermeidlich rächt, hatte den Stolz Emilies noch erhöht und ihr Selbstbewusstsein noch wachsen lassen. Der allseitige Diensteifer hatte bei ihr den natürlichen Egoismus verwöhnter Kinder entwickelt, die, ähnlich den Königen, sich über alles, was sich ihnen nähert, lustig machen. Jetzt verbargen noch ihre jugendliche Grazie und der Reiz ihres Geistes vor allen Augen diese bei einem weiblichen Wesen um so hässlicheren Fehler, als die Frau ja nur durch Hingebung und Selbstverleugnung wahrhaft gefallen kann; da aber dem Blick eines guten Vaters nichts entgeht, so machte Herr von Fontaine oftmals den Versuch, seiner Tochter die ersten Seiten in dem rätselhaften Buche des Lebens zu erklären. Das war aber ein vergebliches Unternehmen. Allzu oft musste er über die launenhafte Unbelehrbarkeit und die ironische Weisheit seiner Tochter seufzen, als dass er bei den schwierigen Versuchen, eine so schlimme Naturanlage zu bessern, hätte verharren können. Er begnügte sich damit, ihr von Zeit zu Zeit Ratschläge voller Liebe und Güte zu geben; aber er musste zu seinem Schmerze erkennen, dass auch seine zärtlichsten Worte von dem Herzen seiner Tochter wie von Marmor abglitten. Väterliche Augen öffnen sich so spät, dass es für den alten Vendéer mehr als eines Beweises bedurfte, bis er merkte, mit welcher Herablassung seine Tochter ihm ihre seltenen Zärtlichkeitsbezeugungen zuteilwerden ließ. Sie glich darin den kleinen Kindern, die ihrer Mutter zu sagen scheinen: »Mach schnell mit deinem Küssen, ich will spielen gehen.« Gewiss besaß Emilie auch zärtliches Empfinden für ihre Angehörigen. Aber häufig überkam sie eine plötzliche Laune, wie sie sonst bei jungen Mädchen unerklärlich erscheint; sie blieb dann für sich allein und ließ sich nur selten blicken; sie beklagte sich darüber, dass sie die väterliche und mütterliche Liebe mit allzu vielen teilen müsse, und war auf alle, selbst auf Brüder und Schwestern, eifersüchtig. Und wenn sie dann mit größter Mühe Einsamkeit um sich geschaffen hatte, dann klagte das merkwürdige Mädchen die ganze Welt wegen dieser freiwilligen Vereinsamung und wegen ihres Kummers, den sie sich selbst verursacht hatte, an. Mit der Erfahrung einer Zwanzigjährigen beklagte sie ihr Los, ohne zu begreifen, dass die wahren Bedingungen des Glückes in uns selber liegen, und verlangte, dass die Dinge der äußeren Welt es ihr gewähren sollten. Bis ans Ende der Welt wäre sie geflohen, um solchen Heiraten, wie sie ihre Schwestern gemacht hatten, zu entgehen; aber trotzdem verspürte sie eine abscheuliche Eifersucht in ihrem Herzen, dass sie sie reich und glücklich verheiratet sehen musste. Und manchmal musste ihre Mutter, die ebenso sehr wie Herr von Fontaine das Opfer ihres Verhaltens war, auf den Gedanken kommen, dass sie eine Spur von Irrsinn in sich trage. Eine solche Verirrung ist nicht unerklärlich: Denn nichts ist verbreiteter als dieser heimliche Stolz im Herzen junger Personen, die zu Familien gehören, die auf der sozialen Leiter eine hohe Stufe einnehmen, und von der Natur mit großer Schönheit beschenkt worden sind. Fast alle diese sind davon überzeugt, dass ihre Mütter, wenn sie das vierzigste oder fünfzigste Lebensjahr erreicht haben, mit den jungen Seelen weder mitfühlen noch ihre Träume verstehen können. Sie reden sich ein, dass die meisten Mütter auf ihre Töchter eifersüchtig sind, dass sie sie nach ihrem Geschmack kleiden, mit der ausgesprochenen Absicht, sie beiseitezuschieben und ihnen die für sie bestimmten Huldigungen zu rauben. Daher rühren häufig die heimlichen Tränen und die stumme Auflehnung gegen die angebliche mütterliche Tyrannei. Trotz dieses Kummers, der echt ist, obwohl er auf einer imaginären Grundlage fußt, haben sie noch die Manie, sich einen Lebensplan zurechtzumachen und sich selbst ein glänzendes Horoskop zu stellen; ihre Verirrung besteht darin, dass sie ihre Träume für Wirklichkeit halten, sie nehmen sich heimlich, nach langem Grübeln, vor, Herz und Hand nur einem Manne zu schenken, der die und die vortrefflichen Eigenschaften haben würde; sie malen sich in der Einbildung einen bestimmten Typ aus, dem ihr Zukünftiger wohl oder übel entsprechen müsse. Wenn sie dann die nötige Lebenserfahrung gewonnen und mit den Jahren ernsthafter über den Lauf der Welt und ihren prosaischen Gang nachgedacht haben, dann verblassen die schönen Farben ihres Idealbildes; und später finden sie eines Tages im Verlauf des Lebens zu ihrem Erstaunen, dass sie ein eheliches Glück ohne die Erfüllung ihrer poetischen Träume gefunden haben. Aber Fräulein Emilie von Fontaine hatte aufgrund solcher Poesie sich in ihrer leicht zu erschütternden Weisheit ein Programm zurechtgemacht, dem ihr Zukünftiger entsprechen müsse, wenn sie ihm ihr Jawort geben solle. Daher ihr Hochmut und ihre Spöttereien.

»Jung und von altem Adel«, hatte sie sich gesagt, »muss er auch Pair von Frankreich oder der älteste Sohn eines Pairs sein! Es wäre mir unerträglich, wenn ich nicht an meinem Wagenschlag mein Wappen inmitten der wehenden Falten eines himmelblauen Mantels sehen und nicht beim Rennen von Longchamp durch die große Allee der Champs-Elysées, ebenso wie die Prinzen fahren könnte. Mein Vater behauptet ja auch, dass dies eines Tages der höchste Rang in Frankreich sein würde. Außerdem soll er Soldat sein, wobei ich mir vorbehalte, ihn seinen Abschied nehmen zu lassen, und dann will ich, dass er dekoriert ist, damit man vor uns präsentiert.«

Aber diese schon an sich seltenen Eigenschaften würden noch nichts bedeuten, wenn dieses erdachte Wesen nicht auch noch besonders liebenswert, von gutem Aussehen, geistvoll und schlank gewachsen wäre. Die Schlankheit, dieser körperliche Vorzug, so vergänglich er auch, besonders unter der Herrschaft des Repräsentativsystems, war, bildete eine unerlässliche Bedingung. Fräulein von Fontaine hatte sich ein gewisses Idealmaß festgesetzt, das ihr als Modell galt. Der junge Mann, der auf den ersten Blick diesen gestellten Bedingungen nicht entsprach, empfing nicht einmal mehr einen zweiten.

»Mein Gott, sehen Sie doch nur, wie dick dieser Herr ist«, das bedeutete bei ihr den Ausdruck äußerster Verachtung.

Wenn man sie hörte, waren schon die Leute von erträglicher Korpulenz keiner Empfindung fähig, schlechte Ehemänner und nicht würdig, zur zivilisierten Gesellschaft zugelassen zu werden. Obgleich ein im Orient hochgeschätzter Vorzug, erschien ihr Fettleibigkeit bei Damen als ein Unglück; beim Manne aber war es ein Verbrechen. Solche paradoxen Ansichten wirkten bei ihr, dank einer gewissen scherzhaften Form der Fassung, amüsant. Trotzdem hatte der Graf das Gefühl, dass die Prätentionen seiner Tochter, deren Lächerlichkeit manchen ebenso klar sehenden, wie wenig nachsichtigen Damen klar werden musste, später ein verhängnisvoller Anlass zur Verspottung werden würde. Er fürchtete, dass die merkwürdigen Ansichten seiner Tochter mit dem guten Ton in Widerspruch geraten könnten. Und er zitterte davor, dass die erbarmungslose Gesellschaft sich vielleicht schon jetzt über eine Person lustig machte, die bereits so lange auf der Szene stand, ohne die Komödie, die sie spielte, zu einem befriedigenden Ende zu bringen. Mancher Mitspieler, ärgerlich über seine Ablehnung, schien nur auf irgendeine Gelegenheit zu warten, um sich zu rächen. Die Gleichgültigen und die Bequemen fingen an, der Sache müde zu werden: Bewunderung hat für das menschliche Geschlecht immer etwas Ermüdendes. Der alte Vendéer wusste besser als jeder andere, dass man mit geschickter Kunst den richtigen Moment wählen muss, um auf der Schaubühne der Welt, des Hofes, des Salons oder des Theaters aufzutreten, dass es aber noch schwerer ist, zur rechten Zeit abzutreten. Daher verdoppelte er in dem Winter, der dem Regierungsantritte Karls X. folgte, im Verein mit seinen drei Söhnen und seinen Schwiegersöhnen seine Anstrengungen, um in den Salons seines Hauses die besten Partien, die sich in Paris und unter den Besuchern aus den Departements boten, zu versammeln. Der Glanz seiner Feste, der Luxus seines Speisesaals und seine mit Trüffeln gewürzten Diners rivalisierten mit den berühmtesten Festtafeln, durch die sich die damaligen Minister die Stimmen ihrer parlamentarischen Anhänger sicherten.

Der ehrenwerte Deputierte wurde daher als einer der einflussreichsten Verderber der parlamentarischen Ehrlichkeit der berühmten Kammer bezeichnet, die an einer Magenverstimmung zu Ende zu gehen schien. Ein merkwürdiger Umstand! Die Versuche, seine Tochter zu verheiraten, erhielten ihn auffallend in Gunst. Vielleicht besaß er insgeheim ein Mittel, um seine Trüffeln zweimal zu verkaufen. Aber diese Anschuldigung vonseiten gewisser liberaler Spötter, die mit ihrem Wortschwall über ihren geringen Anhang in der Kammer hinwegtäuschen wollten, fand keinerlei Anklang. Das Verhalten des Poitouer Edelmanns war ein so durchaus vornehmes und ehrenhaftes, dass kein einziger der Angriffe, mit denen die boshaften Zeitungen in dieser Epoche die dreihundert Stimmen des Zentrums, die Minister, die Köche, die Generaldirektoren, die Essfürsten und die offiziellen Verteidiger des Ministeriums Villèle zu überhäufen pflegten, gegen ihn laut wurde.

Am Ende dieser Kampagne, während der Herr von Fontaine mehrmals alle seine Truppen aufgeboten hatte, glaubte er, dass diesmal die Versammlung von Bewerbern von seiner Tochter nicht mehr wie ein Blendwerk angesehen werden würde. Innerlich empfand er eine gewisse Genugtuung darüber, dass er seine Vaterpflicht getreu erfüllt hatte. Nachdem er solche Mühe aufgewendet hatte, hoffte er, dass sich unter so viel Herzen, wie diesmal der launenhaften Emilie dargeboten würden, wenigstens eines fände, das sie auszeichnen würde. Nicht imstande, diese Anstrengungen noch ein zweites Mal zu machen, und im Übrigen durch das Benehmen seiner Tochter erschöpft, beschloss er gegen Ende der Fastenzeit eines Morgens, als die Kammersitzung seine Anwesenheit nicht allzu dringlich erforderte, mit ihr zu reden. Während ein Kammerdiener kunstvoll auf seinem gelben Schädel das Delta aus Puder abgrenzte, das zusammen mit den herabhängenden Taubenflügeln die ehrwürdige Frisur vervollkommnete, befahl Emilies Vater, nicht ohne eine gewisse Aufregung, seinem alten Kammerdiener, dem stolzen Fräulein zu melden, dass es sofort vor dem Familienhaupte erscheinen möchte.

»Joseph«, sagte er, als seine Frisur beendet war, »nehmen Sie die Serviette fort, ziehen Sie die Vorhänge vor, stellen Sie die Sessel an ihren Platz, schütteln Sie den Kaminteppich aus und legen Sie ihn recht ordentlich wieder hin und machen Sie alles sauber. Vorwärts! Und dann machen Sie das Fenster auf und lassen Sie etwas frische Luft herein.«

Der Graf traf noch verschiedene Anordnungen, die Joseph außer Atem brachten, der, die Absicht seines Herrn verstehend, diesem im ganzen Hause naturgemäß am meisten unordentlichen Zimmer einige Frische verlieh, und dem es schließlich gelang, etwas Harmonie in die Haufen von Rechnungen, Mappen, Bücher und Möbel in diesem Heiligtum zu bringen, wo die Geschäfte der königlichen Domäne abgewickelt wurden. Als Joseph endlich einige Ordnung in dieses Chaos gebracht und, wie in einem Magazin von Neuheiten, die Dinge, die am erfreulichsten anzusehen waren oder durch ihre Farbe dem bureaumäßigen Anstrich einen poetischen Hauch verleihen konnten, in den Vordergrund gerückt hatte, blieb er mitten in dem Labyrinth von Papiermassen, die stellenweise bis auf den Teppich herunter herumlagen, stehen, bewunderte sein Werk, schüttelte den Kopf und verschwand.

Der arme Sinekureninhaber teilte die gute Meinung seines Dieners nicht. Bevor er sich in seinem riesigen Lehnsessel niederließ, warf er einen misstrauischen Blick um sich, prüfte mit unzufriedener Miene seinen Hausrock, entfernte einige Tabaksspuren von ihm, putzte sich sorgsam die Nase, legte die Schaufeln und Feuerzangen zurecht, schürte das Feuer, zog seine Pantoffeln herauf, nahm seinen kleinen Zopf, der sich quer zwischen die Kragen der Weste und des Hausrocks geschoben hatte, heraus und ließ ihn gerade herabhängen; darauf fegte er die Asche des Kamins zusammen, die dessen hartnäckiges Versagen bezeugte. Dann nahm der alte Herr endlich Platz, nachdem er noch ein letztes Mal sich in seinem Zimmer umgesehen hatte, und hoffte, dass nun nichts mehr Anlass zu den ebenso lustigen wie unbescheidenen Bemerkungen geben könnte, mit denen seine Tochter seine weisen Ratschläge zu beantworten pflegte. Diesmal wollte er seine väterliche Würde nicht beeinträchtigen lassen. Zierlich nahm er eine Prise Tabak und hustete mehrmals, als ob er sich zum Sprechen anschickte, denn er vernahm den leichten Schritt seiner Tochter, die jetzt, eine Melodie aus dem »Barbier« trällernd, hereintrat.

»Guten Morgen, lieber Vater; was wünschen Sie denn so früh von mir?«

Nach diesen Worten, die wie ein Refrain zu ihrem Liede klangen, umarmte sie den Grafen, nicht mit der zärtlichen Vertraulichkeit, die ein so süßer Ausdruck kindlichen Empfindens ist, sondern mit der oberflächlichen Gleichgültigkeit einer Mätresse, die überzeugt ist, dass alles, was sie tut, Freude macht.

»Mein liebes Kind«, sagte Herr von Fontaine würdig, »ich habe dich rufen lassen, um sehr ernsthaft mit dir über dich und deine Zukunft zu reden. Es ist jetzt eine Notwendigkeit geworden, dass du einen Gatten wählst, der dir ein dauerhaftes Glück verheißen kann ...«

»Lieber Vater«, unterbrach ihn Emilie und gab ihrer Stimme den schmeichelndsten Klang, »mir scheint, dass der Waffenstillstand, den wir bezüglich meiner Bewerber geschlossen haben, noch nicht abgelaufen ist.«

»Emilie, wir wollen heute über eine so wichtige Angelegenheit nicht scherzen. Schon seit einer gewissen Zeit vereinigen alle, die dich wirklich lieb haben, ihre Anstrengungen, um dich angemessen zu verheiraten, und es wäre undankbar von dir, über diese Beweise von Interesse, die nicht nur ich an dich verschwende, so leicht hinwegzugehen.«

Nach diesen Worten, und nachdem sie ihren spöttisch prüfenden Blick über das Mobiliar des väterlichen Zimmers hatte hinlaufen lassen, nahm das junge Mädchen sich einen Sessel, der noch am wenigsten von Bittstellern abgenutzt erschien, schob ihn an die andere Seite des Kamins, sodass sie ihrem Vater gegenübersitzen konnte, nahm eine scheinbar so ernste Haltung an, dass man darin unmöglich einen Zug von Spott übersehen konnte, und kreuzte ihre Arme über der reichen Garnitur einer Pelerine à la neige, deren viele Tüllrüschen unbarmherzig zerdrückt wurden. Nachdem sie die sorgenvolle Miene ihres alten Vaters betrachtet hatte, lachte sie und brach endlich, ihr Schweigen.

»Ich habe Sie niemals sagen hören, lieber Vater, dass die Regierung ihre Mitteilungen im Hausrock macht. Aber«, fügte sie lächelnd hinzu, »das tut nichts, das Volk darf nicht anspruchsvoll sein. Hören wir also Ihre Gesetzesentwürfe und Ihre offiziellen Vorschläge.«

»Es wird mir nicht immer so leicht sein, dir welche zu machen, du junger Tollkopf! Höre mich an, Emilie. Ich habe nicht länger die Absicht, meine Stellung aufs Spiel zu setzen, auf der zum Teil das Vermögen meiner Kinder beruht, indem ich dieses Regiment von Tänzern zusammenbringe, die du dann in jedem Frühjahr laufen lässt. Du bist schon, ohne es zu wissen, der Anlass zu vielen gefährlichen Feindschaften mit gewissen Familien gewesen. Ich hoffe, dass du heute die Schwierigkeiten deiner und unserer Lage begreifen wirst. Du bist zweiundzwanzig Jahr alt, mein Kind, und seit beinahe drei Jahren hättest du schon verheiratet sein müssen. Deine Brüder und deine beiden Schwestern sind reich und glücklich versorgt. Aber die Ausgaben, mein Kind, die uns diese Heiraten verursacht haben, und die Art, wie du deine Mutter unser Haus zu führen veranlassest, haben unsere Einkünfte dermaßen aufgezehrt, dass ich dir kaum eine Mitgift von hunderttausend Franken geben kann. Von heute ab muss ich an die Zukunft deiner Mutter denken, die für meine Kinder nicht geopfert werden darf. Wenn ich einmal meiner Familie fehlen werde, dann soll Frau von Fontaine nicht von andern Leuten abhängig sein, sondern auch weiterhin die Behaglichkeit genießen können, mit der ich spät genug ihre Aufopferung in meinen unglücklichen Zeiten habe belohnen können. Du siehst, mein Kind, dass deine unbedeutende Mitgift in keinem Verhältnis zu deinen großen Ansprüchen steht. Und auch dies ist noch ein Opfer, das ich für kein anderes meiner Kinder gebracht habe; sie haben großmütig darauf verzichtet, dereinst einen Ausgleich für diese Bevorzugung eines allzu geliebten Kindes zu verlangen.«

»Bei ihren Verhältnissen!«, sagte Emilie und schüttelte den Kopf.

»Meine liebe Tochter, du darfst diejenigen, die dich lieb haben, niemals so herabsetzen. Du musst wissen, dass nur die Armen großmütig sind! Die Reichen haben stets ausgezeichnete Gründe, warum sie nicht auf zwanzigtausend Franken zugunsten eines Verwandten verzichten wollen. Also schmolle nicht, mein Kind, und lass uns ernsthaft miteinander reden. Ist dir unter den jungen Heiratskandidaten nicht Herr von Manerville aufgefallen?«

»Oh ja, er sagt ßön, statt schön, betrachtet immer seine Füße, weil er sie für klein hält und bewundert sich im Spiegel! Außerdem ist er blond, ich liebe die Blonden nicht.«

»Nun, und Herr von Beaudenord?«

»Der ist nicht von Adel. Außerdem ist er schlecht gewachsen und dick. Er ist allerdings brünett. Die beiden Herren müssten ihr Geld zusammentun, und dann sollte der eine seinen Körper und seinen Namen dem andern geben, der aber sein Haar behalten müsste; dann ... vielleicht ...«

»Und was hast du gegen Herrn von Rastignac einzuwenden?«

»Frau von Nucingen hat einen Bankier aus ihm gemacht«, sagte sie boshaft.

»Und der Vicomte von Portenduère, unser Verwandter?«

»Ein Kind, ein schlechter Tänzer, außerdem hat er kein Vermögen. Alle diese Leute, lieber Vater, haben auch keinen Rang. Zum wenigsten will ich doch Gräfin werden, wie meine Mutter.«

»Du hast also in diesem Winter niemanden gefunden, der ...«

»Nein, lieber Vater.«

»Was für einen wünschest du also?«

»Den Sohn eines Pairs von Frankreich.«

»Du bist ja toll!«, sagte Herr von Fontaine und erhob sich. Er erhob die Augen zum Himmel und schien aus frommen Gedanken ein neues Quantum von Ergebung zu schöpfen; dann warf er einen Blick voll väterlichen Mitleids auf seine Tochter, die bewegt wurde, nahm ihre Hand, drückte sie und sagte zärtlich zu ihr: »Gott ist mein Zeuge, du armes, betörtes Geschöpf, dass ich meine väterlichen Pflichten gegen dich gewissenhaft erfüllt habe; was sage ich, gewissenhaft? Voller Liebe, Emilie. Ja, Gott weiß es, ich habe in diesem Winter dir mehr als einen ehrenhaften Mann zugeführt, dessen Fähigkeiten, Sitten und Charakter mir bekannt waren, und alle waren nach meiner Ansicht deiner würdig. Meine Aufgabe ist erfüllt, mein Kind. Von heute ab bist du selbst Herrin deines Geschicks, und ich fühle mich glücklich und unglücklich zugleich, dass ich der schwersten väterlichen Pflicht enthoben bin. Ich weiß nicht, ob du noch lange meine Stimme hören wirst, die unglücklicherweise niemals streng war; denke aber daran, dass das eheliche Glück nicht so sehr auf glänzenden Eigenschaften und auf Reichtum beruht, wie auf gegenseitiger Achtung. Solch ein Glück ist, seinem Wesen entsprechend, bescheiden und ohne äußeren Glanz. Geh, mein Kind; wen du mir als Schwiegersohn bringst, der soll meine Zustimmung haben; solltest du aber unglücklich werden, dann bedenke, dass du nicht das Recht hast, deinem Vater Vorwürfe zu machen. Ich werde mich nicht weigern, Schritte für dich zu tun und dir zu helfen; nur muss deine Wahl ernsthaft und endgültig sein: Ich werde nicht zum zweiten Mal die Achtung, die man meinen weißen Haaren schuldig ist, aufs Spiel setzen.«

Der Ausdruck warmer Zuneigung, der sich in der Ansprache ihres Vaters äußerte und ihr feierlicher Ton gingen Fräulein von Fontaine ans Herz; aber sie ließ ihre Rührung nicht gewahr werden, setzte sich dem Grafen, der sich, noch zitternd, wieder niedergelassen hatte, auf die Knie, überhäufte ihn mit Zärtlichkeiten und schmeichelte ihm so reizend, dass sich die Stirn des alten Herrn entwölkte. Als Emilie annahm, dass die peinliche Erregung ihres Vaters sich wieder beruhigt hatte, sagte sie leise zu ihm:»Ich danke Ihnen herzlich, lieber Vater, für Ihre liebenswürdige Aufmerksamkeit. Sie haben Ihr Zimmer aufgeräumt, weil Sie Ihre Tochter empfangen wollten. Sie haben nicht gedacht, dass sie so töricht und so widerspenstig sein würde. Aber ist es denn, lieber Vater, so sehr schwierig, einen Pair von Frankreich zu heiraten? Sie haben doch selbst behauptet, dass solche zu Dutzenden ernannt würden. Ach, Ihren Rat werden Sie mir doch nicht vorenthalten.«

»Nein, mein armes Kind, nein, und ich werde dir mehr als einmal zurufen: Hüte dich! Bedenke doch, dass die Pairie ein noch zu neues Hilfsmittel für unsere Regierungsfähigkeit ist, wie der hochselige König zu sagen pflegte, als dass die Pairs schon ein großes Vermögen besitzen könnten. Und die, die reich sind, wollen noch reicher werden. Der reichste unter allen unsern Pairs hat noch nicht die Hälfte des Einkommens, das der ärmste Lord des englischen Oberhauses besitzt. Deshalb werden alle Pairs von Frankreich nach reichen Erbinnen für ihre Söhne suchen, gleichgültig, wo sie zu finden sind. Diese Notwendigkeit, reiche Heiraten zu machen, wird mehr als zweihundert Jahre andauern. Es ist möglich, dass, wenn du auf den glücklichen Zufall, mit dem du rechnest, wartest, was dich aber deine besten Jahre kosten kann, deine Reize (man heiratet in unserm Jahrhundert ja hauptsächlich aus Liebe!), deine Reize ein Wunder zustande bringen können. Wenn sich hinter einem so frischen Gesicht wie dem deinigen auch noch Weltkenntnis verbirgt, kann man ja auf ein Wunder hoffen. Besitzest du nicht zunächst schon die Fähigkeit, an dem größeren oder geringeren Körperumfang die inneren Vorzüge zu erkennen? Das ist kein geringes Talent. Ich brauche daher einer so klugen Person wie dir nicht alle Schwierigkeit eines solchen Versuches vorzuhalten. Ich bin überzeugt, dass du niemals bei einem Unbekannten Klugheit vermuten wirst, weil er ein hübsches Gesicht, oder moralische Vorzüge, weil er eine gute Haltung hat. Und schließlich bin ich ganz deiner Meinung, dass die Söhne von Pairs die Verpflichtung haben, ein eigenes Wesen und sich besonders auszuzeichnende Manieren zu besitzen. Obgleich man heutzutage niemandem seinen hohen Rang anmerken kann, werden diese jungen Männer für dich vielleicht ein gewisses Etwas haben, woran du sie erkennst. Übrigens hältst du ja dein Herz am Zügel wie ein guter Reiter, der sicher ist, dass sein Pferd nicht stolpern wird. Also viel Glück, meine liebe Tochter!«

»Sie machen sich über mich lustig, lieber Vater. Aber ich erkläre Ihnen, dass ich mich lieber im Kloster des Fräuleins von Condé begraben will, als dass ich darauf verzichte, die Frau eines Pairs von Frankreich zu werden.«

Sie entzog sich den Armen ihres Vaters, und stolz darauf, dass sie Siegerin geblieben war, sang sie beim Fortgehen die Arie »Cara non dubitare« aus der »Heimlichen Ehe«. Zufällig feierte die Familie an diesem Tage den Geburtstag eines Mitgliedes. Beim Nachtisch sprach Frau Planat, die Frau des Generaleinnehmers, die ältere Schwester Emilies, ziemlich laut von einem jungen Amerikaner, dem Besitzer eines ungeheuren Vermögens, der sich leidenschaftlich in ihre Schwester verliebt und ihr ganz besonders glänzende Anerbietungen gemacht hatte.

»Ich glaube, das ist ein Bankier«, warf Emilie hin. »Ich liebe die Finanzleute nicht.«

»Aber Emilie«, sagte der Baron von Villaine, der Mann ihrer zweiten Schwester, »da du den Richterstand ebenso wenig liebst, so sehe ich nicht, wenn reiche Leute, die nicht von Adel sind, nicht in Betracht kommen, aus welchen Kreisen du dir einen Mann wählen willst.«

»Zumal, Emilie, bei deinem Bestehen auf Schlankheit«, fügte der Generalleutnant hinzu.

»Ich weiß selber, was ich will«, erwiderte das junge Mädchen.

»Meine Schwester verlangt einen schönen Namen, einen schönen jungen Mann, schöne Zukunftsaussichten«, sagte die Baronin von Fontaine, »und hunderttausend Franken Rente, kurz einen Mann, wie zum Beispiel Herrn von Marsay.«

»Ich weiß nur so viel, meine Liebe«, versetzte Emilie, »dass ich keine so törichte Partie machen werde, wie ich solche so viele habe machen sehen. Und im Übrigen erkläre ich, um diesen Heiratsdiskussionen ein Ende zu machen, dass ich jeden, der mir noch vom Heiraten redet, als Störer meiner Ruhe ansehen werde.«

Ein Onkel Emilies, ein Vizeadmiral, dessen Vermögen sich kürzlich infolge des Indemnitätsgesetzes um zwanzigtausend Franken Rente vergrößert hatte, ein siebzigjähriger Greis, der sich herausnehmen durfte, seiner Großnichte, in die er vernarrt war, deutlich die Wahrheit zu sagen, erklärte, um der Diskussion ihre Schärfe zu nehmen: »Lasst doch meine arme Emilie in Ruhe! Seht ihr denn nicht, dass sie wartet, bis der Herzog von Bordeaux majorenn ist?«

»Nehmen Sie sich in acht, dass ich Sie nicht heirate, Sie alter Narr!«, entgegnete das junge Mädchen, dessen letzte Worte glücklicherweise im allgemeinen Gelächter verloren gingen.

»Kinder«, sagte Frau von Fontaine, um diese unbescheidene Bemerkung zu beschönigen, »Emilie wird ebenso wenig, wie ihr alle, sich von ihrer Mutter beraten lassen.«

»Nein, wahrhaftig, in einer Sache, die nur mich angeht, werde ich auch nur auf mich hören«, sagte Fräulein von Fontaine sehr bestimmt.

Alle Blicke richteten sich jetzt auf das Haupt der Familie. Jeder schien begierig zu sein, zu sehen, wie er sich unter Wahrung seiner Würde dazu stellen würde. Der verehrungswürdige Vendéer genoss nicht bloß in der Gesellschaft großes Ansehen; glücklicher als viele andere Väter, wurde er auch von seiner Familie verehrt, deren sämtliche Mitglieder seine bewährte Fähigkeit, für die Seinigen zu sorgen, anerkannten; ihm wurde daher die respektvolle Achtung entgegengebracht, die englische Familien und einige aristokratische Häuser des Kontinents dem Repräsentanten ihres Stammbaums zu bezeugen pflegen. Es entstand ein tiefes Schweigen, und die Augen der Tischgenossen waren abwechselnd auf das schmollende, hochmütige Gesicht des verwöhnten Kindes und auf Herrn und Frau von Fontaines ernste Mienen gerichtet.

»Ich habe es meiner Tochter Emilie überlassen, über ihr Schicksal selber zu entscheiden«, war die Antwort, die der Graf in trübem Tone fallen ließ.

Die Verwandten und die Gäste betrachteten Fräulein von Fontaine mit einem Gemisch von Neugier und Mitleid. Dieses Wort schien anzukündigen, dass die väterliche Güte müde geworden war, gegen einen Charakter anzukämpfen, den die Familie als unverbesserlich kannte. Die Schwiegersöhne sprachen leise miteinander, und die Brüder warfen ihren Frauen ein spöttisches Lächeln zu. Ihr alter Onkel war der Einzige, der, als alter Seemann, es wagte, mit ihr eine Breitseite zu wechseln und ihre Launen zu ertragen, ohne dass er jemals darum verlegen war, ihr Feuer zu erwidern.

Adieu

»Vorwärts, du Deputierter der Mitte, immer vorwärts! Wir müssen eilig weiter, wenn wir zusammen mit den andern bei Tisch sein wollen. Heb die Beine! Spring, Marquis! Hierher! So ist's gut! Sie springen über die Gräben wie ein richtiger Hirsch!«

Diese Worte wurden von einem friedlich am Waldesrande von Ile-Adam sitzenden Jäger gesprochen, der eine Havannazigarre zu Ende rauchte und auf seinen Genossen wartete, der jedenfalls schon seit Langem in dem Buschwerk des Waldes herumgeirrt war. An seiner Seite sahen vier jappende Hunde ebenso wie er die Person, an die er sich wandte, an. Um zu verstehen, wie spöttisch diese Anreden, die mit Pausen wiederholt wurden, gemeint waren, muss erwähnt werden, dass der Jäger ein dicker kurzer Mann war, dessen hervorstehender Bauch eine wahrhaft ministerielle Fettleibigkeit verriet. Mühselig übersprang er die Furchen eines großen, frisch abgeernteten Feldes, dessen Stoppeln sichtlich sein Vorwärtskommen hinderten; um sein Unbehagen noch zu steigern, trieben die Sonnenstrahlen, die sein Gesicht schräg trafen, dicke Schweißtropfen darauf hervor. Bemüht, sein Gleichgewicht zu bewahren, wankte er bald nach vorn, bald nach rückwärts und ahmte so die Sprünge eines stark geschüttelten Wagens nach. Es war einer der Septembertage, wo die Weintrauben bei südlicher Glut reifen. Die Luft kündigte ein Gewitter an. Obgleich sich mehrfach große Strecken blauen Himmels noch am Horizont von dicken schwarzen Wolken abhoben, sah man doch einen blassen Dunst mit erschreckender Schnelligkeit vordringen, der sich von Westen nach Osten ausbreitete wie ein leichter grauer Vorhang. Der Wind bewegte sich nur in den oberen Regionen der Luft, die Atmosphäre drückte nach unten hin die glühenden Ausdünnungen der Erde zusammen. Heiß und schweigend schien der Wald zu dürsten. Die Vögel und Insekten waren verstummt, die Wipfel der Bäume rührten sich kaum. Diejenigen, die noch eine Erinnerung an den Sommer 1819 haben, müssen also Mitleid empfinden mit den Leiden des armen Deputierten, der Blut und Wasser schwitzte, um seinen boshaften Gefährten wieder zu erreichen. Während er seine Zigarre rauchte, hatte dieser aus der Stellung der Sonne berechnet, dass es etwa fünf Uhr nachmittags sein müsse.

»Wo zum Teufel sind wir denn?«, sagte der dicke Jäger, während er sich die Stirn abtrocknete und sich an einen Baumstamm, fast gegenüber seinem Gefährten, stützte, denn er verspürte nicht mehr die Kraft in sich, den breiten Graben, der ihn von ihm trennte, zu überspringen.

»Und das fragst du mich?«, antwortete lachend der Jäger, der sich in dem hohen gelben Grase gelagert hatte, das den Abhang bekrönte. Er warf den Rest seiner Zigarre in den Graben und rief: »Ich schwöre bei Sankt Hubertus, dass man mich nicht wieder dabei erwischen wird, wie ich mich in unbekannter Gegend mit einer Amtsperson herumtreibe, und wärst du es selbst, mein lieber d'Albon, ein alter Schulkamerad!«

»Aber Philipp, verstehst du denn nicht mehr Französisch? Du hast jedenfalls deinen Geist in Sibirien gelassen«, entgegnete der dicke Mann und warf einen komischen Schmerzensblick auf einen Pfosten, der hundert Schritte davon sich erhob.

»Ich verstehe«, erwiderte Philipp, nahm seine Flinte, erhob sich plötzlich, sprang mit einem einzigen Satz in das Feld hinüber und eilte zu dem Pfosten hin. »Hierher, d'Albon, hierher! Halblinks!«, rief er seinem Gefährten zu und zeigte ihm mit einer Handbewegung einen breiten gepflasterten Weg. »Von Baillet nach Ile-Adam«, fuhr er fort; »dann werden wir also in dieser Richtung den Weg nach Cassan finden, der sich von dem nach Ile-Adam abzweigen muss.

»Das stimmt, mein lieber Oberst«, sagte Herr d'Albon und setzte seine Mütze, mit der er sich Luft zugefächelt hatte, wieder auf den Kopf.

»Also vorwärts, mein verehrungswürdiger Rat«, erwiderte der Oberst Philipp und pfiff den Hunden, die ihm schon besser zu gehorchen schienen als dem Beamten, dem sie gehörten.

»Wissen Sie, mein Herr Marquis«, begann der Offizier spottend, »dass wir noch mehr als zwei Meilen vor uns haben? Das Dorf, das wir dort unten sehen, muss Baillet sein.

»Großer Gott!«, rief der Marquis d'Albon aus, »gehen Sie nach Cassan, wenn Ihnen das Vergnügen macht, aber Sie werden dann ganz allein gehen. Ich ziehe vor, hier trotz des Gewitters ein Pferd abzuwarten, das Sie mir aus dem Schloss schicken werden. Sie haben sich über mich mokiert, Sucy. Wir hätten einen netten kleinen Jagdausflug machen, uns nicht von Cassan entfernen, die Terrains, die ich kenne, absuchen sollen. Na, anstatt dass wir unsern Spaß dabei haben, lassen Sie mich wie einen Jagdhund seit vier Uhr morgens laufen, und wir haben als ganzes Frühstück nur zwei Tassen Milch gehabt! Ach, wenn Sie jemals einen Prozess bei Gericht haben sollten, dann werde ich Sie ihn verlieren lassen, wenn Sie auch hundertmal recht hätten!«

Und mutlos setzte sich der Jäger auf einen der Steine am Fuße des Pfostens, legte seine Flinte und seine leere Jagdtasche ab und stieß einen langen Seufzer aus.

»So sind deine Deputierten, Frankreich!«, rief der Oberst von Sucy lachend. »Ach, mein armer Albon, wenn Sie, wie ich, sechs Jahre tief in Sibirien gewesen wären! ...

Er vollendete den Satz nicht und blickte zum Himmel auf, als ob seine Leiden ein Geheimnis zwischen Gott und ihm wären.

»Vorwärts! Weiter!«, fügte er hinzu. »Wenn Sie hier sitzen bleiben, sind Sie verloren.«

»Was wollen Sie, Philipp? Das ist so eine alte Gewohnheit bei einem Beamten! Auf Ehre, ich bin vollkommen erschöpft! Wenn ich wenigstens noch einen Hasen geschossen hätte!«

Die beiden Jäger boten einen seltenen Gegensatz dar. Der Deputierte war ein Mann von zweiundvierzig Jahren und schien nicht älter als dreißig zu sein, während der dreißigjährige Offizier wenigstens vierzig alt zu sein schien. Beide trugen die rote Rosette, das Abzeichen der Offiziere der Ehrenlegion. Etliche Locken, schwarz und weiß wie der Flügel einer Elster, stahlen sich unter der Jagdmütze des Obersten hervor; schöne blonde Haarwellen schmückten die Schläfen des Richters. Der eine war von hohem Wuchs, mager, schlank, nervös, und die Runzeln seines weißen Gesichts deuteten auf furchtbare Leidenschaften oder schreckliche Leiden; der andere besaß ein von Gesundheit strahlendes Gesicht mit dem jovialen, eines Epikuräers würdigen Ausdruck. Beide waren stark von der Sonne verbrannt, und ihre hohen Wildledergamaschen trugen die Merkmale aller Gräben und Sümpfe, die sie passiert hatten, an sich.

»Los!«, rief Herr de Sucy, »vorwärts! In einer kleinen Stunde werden wir an einem gut besetzten Tisch sitzen.«

»Sie können niemals geliebt haben«, erwiderte der Rat mit einem komischen Ausdruck von Mitleid, »denn Sie sind so unerbittlich wie der Artikel 304 des Strafgesetzbuchs!«

Ein heftiges Zittern überfiel Philipp; seine breite Stirn runzelte sich; sein Gesicht wurde ebenso düster, wie es der Himmel jetzt geworden war. Obgleich die Erinnerung an ein furchtbar bitteres Erlebnis alle seine

Züge verzerrte, vergoss er keine Träne. Wie alle starken Männer vermochte er seine Aufregungen tief im Herzen zu begraben und empfand vielleicht, wie viele reine Seelen, eine Art Schamlosigkeit dabei, seine Schmerzen bloßzulegen, wenn kein menschliches Wort ihre Tiefe ausdrücken kann und man den Spott der Leute fürchtet, die sie nicht verliehen wollen. Herr d'Albon war eine von den zartfühlenden Seelen, die Schmerzen zu ahnen wissen und ein lebhaftes Mitgefühl empfinden, wenn sie unbeabsichtigt durch irgendeine Ungeschicklichkeit Anstoß erregt haben. Er achtete das Schweigen seines Freundes, erhob sich, vergaß seine Müdigkeit und folgte ihm schweigend, ganz betrübt darüber, eine Wunde berührt zu haben, die wahrscheinlich nicht vernarbt war.

»Eines Tages, lieber Freund«, sagte Philipp zu ihm und drückte ihm die Hand, wobei er ihm mit einem herzzerreißenden Blick für sein stummes Mitgefühl dankte, »eines Tages werde ich dir mein Leben erzählen. Heute vermöchte ich es nicht.«

Schweigend setzten sie ihren Weg fort. Als der Schmerz des Obersten sich besänftigt hatte, empfand der Rat seine Müdigkeit wieder; und mit dem Instinkt oder vielmehr mit dem Willen eines erschöpften Mannes durchforschte sein Auge alle Tiefen des Waldes; er prüfte die Wipfel der Bäume, studierte die Wege, in der Hoffnung, irgendeine Herberge zu finden, wo er um Gastfreundschaft bitten konnte. An einem Kreuzweg angelangt, glaubte er einen leichten Rauch zu entdecken, der zwischen den Bäumen aufstieg. Er blieb stehen, sah aufmerksam hin und erkannte inmitten einer riesigen Baumgruppe die grünen dunklen Zweige etlicher Fichten. »Ein Haus! Ein Haus!«, rief er mit demselben Vergnügen, mit dem ein Schiffer gerufen hätte: » Land, Land!«

Dann eilte er schnell durch eine dichte Baumgruppe, und der Oberst, der in eine tiefe Träumerei versunken war, folgte ihm mechanisch.

»Ich will mich lieber hier mit einer Omelette, Hausbrot und einem Stuhl begnügen, als nach Cassan weitergehen, um dort Diwans, Trüffeln und Bordeauxwein zu finden.«

Das war der begeisterte Ausruf des Rates beim Anblick einer Mauer, deren weißliche Farbe sich weithin von der braunen Masse der knorrigen Stämme des Waldes abhob.

»Ei, ei! Das sieht mir aus wie irgendeine alte Priorei«, rief der Marquis d'Albon von Neuem, als er vor einem alten schwarzen Gitter anlangte, wo er inmitten eines ziemlich weiten Parks ein Bauwerk erblickte, das in dem einstmals den Klosterbauten eigentümlichen Stil errichtet war.» Wie diese Kerls von Mönchen es verstanden haben, eine Baustelle auszuwählen!« Dieser neue Ausruf war der Ausdruck des Erstaunens, das dem Beamten die schöne Einsiedelei verursachte, die sich seinen Blicken darbot. Das Haus lag halbseits auf dem Abhang des Berges, dessen Gipfel von dem Dorfe Nerville eingenommen wird. Die großen hundertjährigen Eichen des Waldes, der einen riesigen Kreis um diese Behausung zog, machten daraus eine richtige Einsiedelei. Der einst für die Mönche bestimmte Hauptflügel lag gegen Süden. Der Park schien vierzig Morgen zu umfassen. Nahe bei dem Hause breitete sich eine grüne Wiese aus, die in glücklicher Weise von mehreren klaren Bächen und von geschickt angebrachten Wasserfällen durchflossen war, all das anscheinend ohne Anwendung von Kunst. Hier und da erhoben sich grüne Bäume von eleganten Formen mit verschiedenartigem Laub. Dann gaben da geschickt ausgesparte Grotten, mächtige Terrassen mit beschädigten Treppen und rostigen Geländern dieser wilden Thebais einen besonderen Ausdruck. Die Kunst hatte gefällig ihre Bauten mit den malerischen Wirkungen der Natur vereinigt. Die menschlichen Leidenschaften schienen am Fuß der großen Bäume sterben zu müssen, die dieses Asyl vor dem Heranströmen des Lärms der Welt verteidigten, wie sie die Glut der Sonne mäßigten.

»Was für ein Verfall!«, sagte sich Herr d'Albon, nachdem er den düsteren Ausdruck empfunden hatte, den die Ruinen der Landschaft verliehen, die wie mit einem Fluch geschlagen erschien. Es war wie ein von den Menschen verlassener verwünschter Ort. Der Efeu hatte überall seine gewundenen Ranken und seinen reichen Blättermantel ausgebreitet. Braunes, grünes, gelbes oder rotes Moos überzog mit seiner romantischen Färbung Bäume, Bänke, Dächer und Steine. Die wurmstichigen Fenster waren vom Regen verwaschen und vom Wetter durchlöchert, die Balkone zerbrochen, die Terrassen zerstört. Manche Jalousien hielten nur noch an einem Haken. Die nicht schließenden Türen schienen keinem Angreifer standhalten zu können. Behangen mit leuchtenden Tuffs von Misteln, breiteten sich die ungepflegten Äste der Fruchtbäume weithin aus, ohne eine Ernte zu geben. Hochgewachsenes Kraut überwucherte die Alleen. Diese Reste gaben dem Bilde den Ausdruck reizvoller Poesie und erregten in der Seele des Beschauers träumerische Gedanken. Ein Dichter wäre hier in lange währende Melancholie versunken, voller Bewunderung für diese harmonische Unordnung, für dieses reizvolle Bild der Zerstörung. In diesem Moment erglänzten einige Sonnenstrahlen mitten durch die Lücken der Wolken und beleuchteten mit tausend Farben diese halbwilde Szene. Die braunen Dachziegel erstrahlten, das Moos leuchtete, fantastische Schatten huschten über die Wiesen unter den Bäumen hin; die erstorbenen Farben lebten wieder auf, eigenartige Gegensätze machten sich geltend, das Blattwerk hob sich scharf in der Helligkeit ab. Plötzlich verschwand das Licht. Die Landschaft, die gesprochen zu haben schien, wurde stumm und wieder düster, oder vielmehr matt wie der matteste Schimmer eines Herbstnebels.

»Das ist Dornröschens Schloss«, sagte sich der Rat, der das Haus nur noch mit den Augen des Eigentümers ansah. »Wem mag es nur gehören? Man muss sehr töricht sein, wenn man einen so hübschen Besitz nicht bewohnt!«

Plötzlich sprang eine Frau unter einem rechts vom Gitter stehenden Nussbaum hervor und huschte, ohne Geräusch zu machen, so schnell wie der Schatten einer Wolke bei dem Rat vorbei; diese Erscheinung machte ihn stumm vor Staunen.

»Nun, d'Albon, was haben Sie?«, fragte ihn der Oberst.

»Ich reibe mir die Augen, um zu wissen, ob ich schlafe oder wache«, antwortete der Beamte und drückte sich an das Gitter, um zu versuchen, das Phantom nochmals zu erblicken.

»Sie ist jetzt wahrscheinlich unter dem Feigenbaum«, sagte er und zeigte Philipp die Blattkrone eines Baumes, der links vom Gitter über der Mauer emporragte.

»Wer denn, sie?«

»Ja, kann ich das wissen?«, entgegnete Herr d'Albon. »Eben hat sich hier vor mir eine fremdartige Frauengestalt erhoben«, sagte er leise; »sie schien mir mehr dem Reich der Schatten als der Welt der Lebenden anzugehören. Sie erscheint so schlank, so leicht, so luftartig, dass sie durchsichtig sein muss. Ihr Gesicht ist weiß wie Milch. Ihre Kleidung, ihre Augen, ihre Haare sind schwarz. Sie hat mich im Vorbeikommen angeblickt, und obgleich ich nicht furchtsam bin, hat ihr unbeweglicher kalter Blick mir das Blut in den Adern erstarren lassen.«

»Ist sie hübsch?«, fragte Philipp.

»Ich weiß es nicht. Ich habe nur die Augen in ihrem Gesicht gesehen.«

»Also zum Teufel mit unserm Diner in Cassan!«, rief der Oberst, »bleiben wir hier. Ich habe eine kindische Lust, in diese eigenartige Besitzung hineinzugehen. Siehst du diese rot gemalten Fenstereinfassungen und diese roten, auf das Gesims der Türen und Fensterläden gemalten Streifen? Scheint das dir nicht das Haus des Teufels zu sein? Er wird es vielleicht von den Mönchen geerbt haben. Vorwärts! Eilen wir hinter der schwarz-weißen Dame her! Vorwärts!«, rief Philipp mit gemachter Lustigkeit.

In diesem Augenblick hörten die beiden Jäger einen Schrei, der dem einer in der Falle gefangenen Maus ziemlich ähnlich war. Sie horchten. Das Geräusch der gestreiften Blätter einiger Büsche machte sich in dem Schweigen bemerkbar, wie das Gemurmel einer erregten Welle; aber obgleich sie angestrengt lauschten, um weitere Töne zu hören, blieb die Erde still und bewahrte das Geheimnis der Schritte der Unbekannten, wenn sie überhaupt welche gemacht hatte.

»Das ist seltsam«, rief Philipp und verfolgte die Linie, die die Mauer des Parks beschrieb.

Die beiden Freunde gelangten bald zu einer Allee des Waldes, die nach dem Dorfe Chauvry führte. Nachdem sie den Weg auf der Straße nach Paris zurückgegangen waren, befanden sie sich vor einem großen Gitter und erblickten nun die Hauptfassade der geheimnisvollen Behausung. Von dieser Seite erschien die Zerstörung auf ihrem Gipfel: Ungeheure Risse durchfurchten die drei Flügel dieses rechtwinklig errichteten Bauwerks. Trümmer von Ziegeln und Schieferplatten waren auf der Erde angehäuft, und zerstörte Dächer zeigten eine vollkommene Unbekümmertheit an. Etliche Früchte waren unter den Bäumen abgefallen und verfaulten, ohne dass jemand sie aufsammelte. Eine Kuh ging quer über den Grasplatz und schnupperte in den Beeten herum, während eine Ziege die grünen Beeren und Ranken eines Weinstocks kaute.

»Hier ist alles in Übereinstimmung, und die Unordnung ist gewissermaßen organisiert«, sagte der Oberst und zog an der Schnur einer Glocke; aber die Glocke hatte keinen Klöpfel.

Die beiden Jäger hörten nur den eigenartigen scharfen Ton eines verrosteten Glockenzuges. Obgleich sehr verfallen, widerstand die kleine Tür in der Mauer doch jedem Druck.

»Ei, ei! Alles macht einen hier neugierig«, sagte er zu seinem Gefährten.

»Wenn ich kein Beamter wäre, antwortete d'Albon, »würde ich das schwarze Weib für eine Hexe halten.«

Kaum hatte er diesen Satz beendet, als die Kuh an das Gitter kam und ihnen ihre warme Schnauze hinhielt, als ob sie das Bedürfnis fühlte, menschliche Wesen zu sehen. Jetzt wurde ein Weib sichtbar, falls man das unbeschreibbare Wesen, das sich unter einer Gruppe von Sträuchern erhob, mit diesem Namen bezeichnen kann, und zog die Kuh am Stricke. Die Frau hatte auf dem Kopfe ein rotes Tuch, aus dem blonde Flechten hervorsahen, die dem Hanf an der Spindel ziemlich ähnlich waren. Sie war ohne Halstuch. Ein Unterrock aus grober Wolle, abwechselnd schwarz und grau gestreift, der um einige Handbreit zu kurz war, ließ ihre Beine sehen. Man hätte glauben können, dass sie zu einem Stamme von Coopers berühmten Rothäuten gehörte, denn ihre Beine, ihr Hals und ihre nackten Arme schienen mit Ziegelfarbe angemalt zu sein. Kein Strahl von Intelligenz belebte ihr glattes Gesicht. Ihre bläulichen Augen waren ohne Wärme und ohne Glanz. Einige weiße dünne Haare deuteten Augenbrauen an. Ihr Mund endlich war so geschnitten, dass er schlecht gewachsene Zähne sehen ließ, die aber so weiß, wie die eines Hundes waren.

»Halt da, Frau!«, rief Herr de Sucy.

Sie kam langsam bis ans Gitter heran und betrachtete mit stumpfsinnigem Gesicht die beiden Jäger, bei deren Anblick ihr ein schmerzliches, gezwungenes Lächeln entschlüpfte.

»Wo sind wir denn? Was ist das für ein Haus? Wem gehört es? Wer sind Sie? Sind Sie von hier?«

Auf diese Fragen und eine Menge anderer, die die beiden Freunde nacheinander an sie richteten, antwortete sie nur mit einem aus der Kehle kommenden Knurren, das eher einem Tier als einem menschlichen Wesen zu gehören schien.

»Sehen Sie nicht, dass sie taub und stumm ist?«, sagte der Richter.

»Bons-Hommes!«, rief die Bäuerin.

»Ah, sie hat recht! Dies könnte wohl das alte Kloster Bons-Hommes sein«, sagte Herr d'Albon.

Die Fragen begannen von Neuem. Aber wie ein eigenwilliges Kind wurde die Bäuerin rot, spielte mit ihrem Pantoffel, drehte an dem Strick der Kuh, die wieder abzuweiden begonnen hatte, sah sich die beiden Jäger an und prüfte alle Teile ihres Anzugs; sie kreischte, sie knurrte, sie gluckste, aber sie brachte kein Wort heraus.

»Wie heißt du?«, sagte Philipp und sah sie fest an, als wollte er sie hypnotisieren.

»Genovefa«, sagte sie mit einem dummen Lachen. »Bis jetzt ist die Kuh die intelligenteste Kreatur, die wir hier gesehen haben«, rief der Rat. »Ich werde einen Schuss abfeuern, damit Leute kommen.« Gerade als d'Albon seine Waffe ergriff, hielt ihn der Oberst mit einer Geste zurück und zeigte mit dem Finger auf die Unbekannte, die ihre Neugierde so lebhaft erregt hatte. Die Frau schien in tiefes Nachdenken versunken und kam mit langsamen Schritten aus einer ziemlich entfernten Allee, sodass die beiden Freunde Zeit hatten, sie genau zu betrachten. Sie war mit einem ganz abgetragenen schwarzen Seidenrock bekleidet. Ihre langen Haare fielen in zahlreichen Wellen über ihre Stirn, um ihre Schultern und reichten bis unter ihre Taille hinab, indem sie ihr als Schal dienten. An diese Unordnung offenbar gewöhnt, schob sie nur selten ihr Haar von beiden Schläfen hinweg; dann aber schüttelte sie das Haupt mit jäher Bewegung und brauchte sich nicht zweimal zu bemühen, um ihre Stirn oder ihre Augen von dem dicken Schleier zu befreien. Ihre Geste zeigte übrigens wie bei einem Tier die bewunderungswürdige mechanische Sicherheit, deren Schnelligkeit bei einer Frau wie ein Wunder erscheinen musste. Die beiden Jäger sahen sie erstaunt auf einen Ast des Apfelbaums springen und sich hier mit der Leichtigkeit eines Vogels festhalten. Sie griff nach den Früchten, verspeiste sie, dann ließ sie sich mit zierlicher Lässigkeit, wie man sie an den Eichhörnchen bewundert, zur Erde fallen. Ihre Glieder besaßen eine Elastizität, die ihren geringsten Bewegungen jeden Anschein von Mühe oder Anstrengung nahm. Sie spielte auf dem Rasen, kugelte sich dort wie ein Kind herum; dann streckte sie plötzlich ihre Füße und Hände aus und blieb ausgebreitet auf der Wiese mit der Unbekümmertheit, der Grazie und der Natürlichkeit einer jungen Katze liegen, die in der Sonne eingeschlafen ist. Als der Donner in der Ferne grollte, wandte sie sich plötzlich und stellte sich mit bewundernswerter Geschicklichkeit auf alle viere wie ein Hund, der einen Fremden kommen hört. Durch diese merkwürdige Haltung schied sich ihr schwarzes Haar sogleich in zwei breite Flechten zu jeder Seite ihres Kopfes und erlaubte den beiden Zuschauern bei dieser seltsamen Szene ihre Schultern zu bewundern, deren weiße Haut wie die Gänseblümchen auf der Wiese leuchteten, und einen Hals, dessen Vollkommenheit auf all das übrige Ebenmaß ihres Körpers schließen ließ.

Sie ließ einen Schmerzensschrei hören und stellte sich ganz auf ihre Füße. Ihre Bewegungen folgten einander so graziös und wurden so leicht ausgeführt, dass sie kein menschliches Wesen, sondern eine der durch die Dichtungen Ossians berühmt gewordenen Töchter der Luft zu sein schien. Sie ging an eine der Wasserflächen heran, schüttelte leicht ein Bein, um ihren Schuh loszumachen, und schien ein Vergnügen daran zu finden, ihren alabasterweißen Fuß in die Quelle zu tauchen, während sie sich jedenfalls an den Wellenbewegungen ergötzte, die sie dabei erzeugte und die Edelsteinen glichen. Dann kniete sie an dem Rande des Bassins nieder und amüsierte sich wie ein Kind damit, ihre langen Flechten ins Wasser zu tauchen und sie dann schnell wieder herauszuziehen, um Tropfen für Tropfen das Wasser, von denen es voll war, hinablaufen zu lassen, das, von den Sonnenstrahlen durchleuchtet, einen förmlichen Rosenkranz von Perlen bildete.

»Das Weib ist irrsinnig!«, rief der Rat aus.

Ein rauer Schrei, den Genovefa ausstieß, wurde laut und schien sich an die Unbekannte zu richten, die sich schnell umwandte und ihr Haar von beiden Seiten ihres Gesichtes wegstrich. In diesem Moment konnten der Oberst und d'Albon deutlich die Züge der Frau erkennen, die, als sie die beiden Freunde bemerkte, in mehreren Sprüngen mit der Leichtigkeit einer Hirschkuh auf das Gitter zueilte. »Adieu!«, sagte sie mit sanfter, wohlklingender Stimme, aber ohne dass dieser, ungeduldig von den Jägern erwartete melodiöse Ton das geringste Empfinden oder das geringste Denken verriet.

Herr d'Albon bewunderte die langen Wimpern ihrer Augen, ihre schwarzen dichten Augenbrauen und ihre blendend weiße Haut ohne den geringsten Schimmer von Röte. Feine blaue Adern durchzogen allein ihren weißen Teint. Als der Rat sich umwandte, um seinem Freunde mitzuteilen, welches Erstaunen ihm der Anblick dieses seltsamen Weibes eingeflößt hatte, sah er diesen wie tot auf dem Grase liegen. Herr d'Albon schoss sein Gewehr in die Luft ab, um Leute herbeizurufen und schrie: »Zu Hilfe!«, während er versuchte, den Obersten aufzurichten. Bei dem Knall des Schusses floh die Unbekannte, die bis dahin unbeweglich verharrt hatte, pfeilschnell davon, stieß Schreckensschreie wie ein verwundetes Tier aus und rannte über die Wiese mit allen Zeichen tiefsten Schreckens. Herr d'Albon vernahm das Heranrollen einer Kalesche auf der Landstraße von Ile-Adam und rief den Beistand der Spazierenfahrenden durch Winken mit seinem Taschentuch herbei. Sogleich lenkte der Wagen nach Bons-Hommes ein, und d'Albon erkannte Herrn und Frau von Grandville, seine Nachbarn, die sich beeilten, aus ihrem Wagen zu steigen und ihn dem Rat anzubieten. Frau von Grandville hatte zufälligerweise ein Flakon mit ätherischem Salz bei sich, das man Herrn de Sucy einatmen ließ. Als der Oberst die Augen wieder öffnete, wandte er sie der Wiese zu, auf der die Unbekannte nicht aufhörte, zu rennen und zu schreien, und stieß einen undeutlichen Ruf aus, der aber doch eine Empfindung von Schrecken verriet; dann schloss er von Neuem die Augen und machte eine Bewegung, als wolle er seinen Freund bitten, ihn diesem Schauspiel zu entreißen. Herr und Frau von Grandville überließen dem Rat die freie Verfügung über ihren Wagen, indem sie ihm entgegenkommenderweise erklärten, dass sie ihre Promenade zu Fuß fortsetzen wollten.

»Wer ist denn diese Dame!«, fragte der Rat und zeigte auf die Unbekannte.

»Man vermutet, dass sie aus Moulins kommt«, antwortete Herr von Grandville. »Sie nennt sich Gräfin von Vandières. Man sagt, sie sei irrsinnig; aber da sie sich erst seit zwei Monaten hier aufhält, kann ich Ihnen nicht dafür einstehen, inwieweit alle diese Gerüchte auf Wahrheit beruhen.«

Herr d'Albon dankte Herrn und Frau de Grandville und fuhr nach Cassan.

»Sie ist es!«, rief Philipp, als er wieder zum Bewusstsein gekommen war.

»Wer, sie?«, fragte d'Albon.

»Stephanie. Ach, tot oder lebend, lebendig oder irrsinnig! Ich glaubte, ich müsse sterben.«

Der vorsichtige Rat, der die schwere Krisis begriff, in die sein Freund ganz verfallen war, hütete sich wohl, ihn auszufragen oder aufzuregen; es verlangte ihn ungeduldig danach, ins Schloss zu gelangen, denn die Veränderung, die in den Zügen und in der ganzen Persönlichkeit des Obersten sich geltend machte, ließ ihn befürchten, dass die Gräfin Philipp mit ihrer schrecklichen Krankheit angesteckt habe. Sobald der Wagen die Einfahrt nach Ile-Adam erreicht hatte, schickte d'Albon den Diener zum Arzte des Fleckens; das geschah so, dass der Doktor sich schon an seinem Lager befand, als der Oberst zu Bett gebracht wurde.

»Wäre der Herr Oberst nicht fast nüchtern gewesen«, sagte der Chirurg, »so wäre er gestorben. Seine Mattigkeit hat ihn gerettet.«

Nachdem er die ersten Vorsichtsmaßregeln angeordnet hatte, entfernte sich der Doktor, um selbst einen beruhigenden Trank zu bereiten. Am andern Morgen befand sich Herr de Sucy besser, aber der Arzt wünschte selber, bei ihm zu bleiben.

»Ich muss Ihnen gestehen, Herr Marquis«, sagte der Doktor zu Herrn d'Albon, »dass ich an eine Verletzung des Gehirns geglaubt habe. Herr de Sucy ist das Opfer einer sehr heftigen Erregung geworden: Seine Leidenschaftlichkeit ist schnell entflammt; aber bei ihm entscheidet sich alles auf den ersten Schlag. Morgen wird er vielleicht schon außer Gefahr sein.«

Der Arzt hatte sich nicht getäuscht; am andern Morgen erlaubte er dem Rat, seinen Freund wiederzusehen.

»Mein lieber d'Albon«, sagte Philipp und drückte ihm die Hand, »ich erwarte einen Dienst von dir! Eile schnell nach Bons-Hommes! Erkundige dich nach allem, was die Dame betrifft, die wir gesehen haben, und komm schnell zurück, denn ich zähle die Minuten.«

Herr d'Albon sprang auf ein Pferd und galoppierte nach der alten Abtei. Als er ankam, bemerkte er vor dem Gitter einen großen hageren Mann mit einnehmendem Gesicht, der bejahend antwortete, als der Rat ihn fragte, ob er dieses zerstörte Haus bewohne. Herr d'Albon teilte ihm den Grund seines Besuches mit.

»Wie, mein Herr«, rief der Unbekannte, »sollten Sie es gewesen sein, der den verhängnisvollen Flintenschuss hat losgehen lassen? Sie hätten beinahe meine arme Kranke getötet.«

»Oh, mein Herr, ich habe in die Luft geschossen.«

»Sie hätten der Frau Gräfin weniger Leid angetan, wenn Sie sie getroffen hätten.«

»Nun, wir haben uns nichts vorzuwerfen; denn der Anblick Ihrer Gräfin hat meinen Freund, Herrn de Sucy, beinahe getötet.«

»Sollte das der Baron Philipp de Sucy sein?«, rief der Unbekannte und presste die Hände zusammen. »War er in Russland bei dem Übergang über die Beresina?«

»Jawohl«, erwiderte d'Albon; »er wurde von den Kosaken gefangen und nach Sibirien gebracht, von wo er erst vor etwa elf Monaten zurückgekehrt ist.«

»Kommen Sie herein, mein Herr«, sagte der Unbekannte und führte den Rat in einen im Erdgeschoss der Wohnung gelegenen Salon, wo alles die Zeichen einer launenhaften Zerstörung zeigte.

Kostbare Porzellanvasen standen zerbrochen neben einer Kaminuhr, deren Gehäuse unberührt war. Die seidenen, an den Fenstern angebrachten Vorhänge waren zerrissen, während der doppelte Musselinvorhang unberührt war.

»Sie sehen«, sagte er beim Eintreten zu Herrn d'Albon, »die Zerstörungen, die das entzückende Wesen, dem ich mich gewidmet habe, verübt hat. Sie ist meine Nichte; trotz der Ohnmacht meiner Kunst hoffe ich, ihr eines Tages den Verstand wiedergeben zu können, indem ich eine Kur anwende, die unglücklicherweise nur den Reichen gestattet ist.«

Dann erzählte er, wie alle Personen, die einsam leben und immer wieder an ihrem Schmerze zehren, dem Rat eingehend das nachfolgende Abenteuer, dessen Darstellung hier zusammengefasst und von zahlreichen Abschweifungen, die der Erzähler und der Rat machten, befreit ist:

* * *

Als er gegen neun Uhr abends die Höhen von Studzianka verließ, die er am 28. November 1812 während des ganzen Tages verteidigt hatte, ließ der Marschall Victor hier etwa tausend Mann zurück mit dem Befehl, bis zum letzten Augenblick diejenige der beiden Brücken über die Beresina zu decken, die noch standhielt. Diese Nachhut hatte sich aufgeopfert, um zu versuchen, eine furchtbare Menge von vor Frost erstarrten Nachzüglern zu retten, die sich hartnäckig weigerten, den Train der Armee im Stich zu lassen. Der Heroismus dieser edelmütigen Truppe sollte vergeblich sein. Die Soldaten, die in Massen den Ufern der Beresina zuströmten, fanden hier unglücklicherweise eine Riesenmenge von Wagen, Kasten und Möbelstücken jeder Art vor, die die Armee genötigt war, im Stiche zu lassen, als sie während des 27. und 28. November ihren Marsch ausführte. Als Erben unerwarteter Reichtümer brachten sich diese von der Kälte erstarrten Unglücklichen in den leeren Zelten unter, zerbrachen das dem Heer gehörige Material, um sich Hütten daraus zu bauen, machten Feuer an mit allem, was ihnen in die Hände fiel, zerlegten die Pferdekörper, um sich zu ernähren, zerrissen das Tuch und den Stoff der Wagen, um sich zu bedecken, und schliefen dann, anstatt ihren Marsch fortzusetzen und in Ruhe während der Nacht die Beresina zu überschreiten, die ein unglaubliches Verhängnis der Armee schon so verderblich gemacht hatte. Die Willenlosigkeit dieser armen Soldaten kann nur von denen begriffen werden, die sich erinnern werden, wie sie diese riesigen Schneewüsten durchwandert haben, ohne anderes Getränk als Schnee, ohne ein anderes Bett als Schnee, ohne einen andern Ausblick als auf einen Horizont von Schnee, ohne eine andere Nahrung als Schnee oder einige erfrorene Rüben und etliche Handvoll Mehl oder Pferdefleisch. Halb tot vor Hunger, Durst, Müdigkeit und Schlafsucht, langten die Unglücklichen an einem Ufer an, wo sie Holz, Feuer, Lebensmittel, unzählige verlassene Fuhrwerke und Zelte vorfanden, kurz eine ganze improvisierte Stadt. Das Dorf Studzianka war völlig zerlegt, verteilt und von den Höhen in die Ebene hinabgebracht worden. Wie kläglich und gefährlich diese Stadt war, ihr Elend und ihr Jammer lachten die Leute an, die nur die schrecklichen Wüsten Russlands vor sich sahen. Es war nur ein ungeheures Krankenhaus, dem keine zwanzig Stunden Existenz beschieden waren. Die Mattigkeit ihrer Lebenskräfte oder das Gefühl eines unerwarteten Wohlbehagens ließ in dieser Menschenmasse keinen anderen Gedanken aufkommen als den der Ruhe. Obgleich die Artillerie des linken russischen Flügels ohne Unterlass auf diese Menge schoss, die sich als ein großer, bald dunkler, bald flammender Fleck mitten auf dem Schnee abzeichnete, war der unermüdliche Kugelregen für die erstarrte Masse nur eine Unannehmlichkeit mehr. Es war wie ein Unwetter, dessen Blitze von aller Welt gering geschätzt wurden, weil sie hier oder dort nur auf Sterbende, Kranke oder vielleicht schon Tote trafen. Jeden Augenblick trafen Nachzügler in Gruppen ein. Diese Arten wandelnder Kadaver verteilten sich sogleich und bettelten von Herd zu Herd um einen Platz; dann, meistens zurückgetrieben, vereinigten sie sich von Neuem, um mit Gewalt die verweigerte Gastfreundschaft zu erzwingen. Taub gegen die Stimmen etlicher Offiziere, die ihnen den Tod für den nächsten Tag voraussagten, verbrauchten sie das für das Überschreiten des Flusses erforderliche Quantum von Mut, um sich ein Asyl für die Nacht herzustellen und eine häufig verhängnisvolle Mahlzeit zu sich zu nehmen; der Tod, der sie erwartete, schien ihnen kein Unglück mehr zu sein, da er ihnen eine Stunde Schlaf vergönnte. Mit »Unglück« bezeichneten sie nur den Hunger, den Durst, die Kälte. Wenn sie kein Holz, kein Feuer, keine Kleidung, kein Obdach fanden, entspannen sich fürchterliche Kämpfe zwischen denen, die von allem entblößt hinzukamen, und den Reichen, die eine Wohnung besaßen. Die Schwächeren unterlagen dabei. Schließlich trat der Moment ein, wo etliche von den Russen Verjagte nur noch Schnee als Lager hatten und sich darauf niederlegten, um sich nicht wieder zu erheben. Unmerklich schloss sich diese Menge fast lebloser Wesen so fest zusammen, wurde so taub, so stumpf oder vielleicht auch so glückselig, dass der Marschall Victor, ihr heldenmütiger Verteidiger, der zwanzigtausend von Wittgenstein befehligter Russen Widerstand geleistet hatte, genötigt war, sich mit schneller Gewalt einen Weg durch diesen Wald von Menschen zu bahnen, um mit fünftausend Tapferen, die er dem Kaiser zuführte, über die Beresina zu setzen. Diese Unglücklichen ließen sich lieber tottreten als sich zu rühren, und gingen stillschweigend zugrunde, indem sie ihren erloschenen Feuern zulächelten, ohne Frankreichs zu gedenken.

Erst um zehn Uhr abends befand sich der Herzog von Bellune am andern Ufer des Flusses. Bevor er sich auf die Brücken begab, die nach Zembin führten, vertraute er das Schicksal der Nachhut von Studzianka Eblé an, dem Retter aller derer, die das Unglück der Beresina überlebten. Es war ungefähr gegen Mitternacht, als dieser große General in Begleitung eines tapferen Offiziers die kleine Hütte verließ, die er nahe bei der Brücke bewohnte, und sich anschickte, das Schauspiel zu betrachten, welches das Lager zwischen dem Ufer der Beresina und dem Wege von Borizof nach Studzianka bot. Die russische Artillerie hatte aufgehört zu feuern; die unzähligen Feuer inmitten dieser Schneemassen, die herabgebrannt waren und kein Licht mehr zu verbreiten schienen, beleuchteten hier und da Gesichter, die nichts Menschliches mehr an sich hatten. Ungefähr dreißigtausend Unglückliche, zu allen Nationen gehörig, die Napoleon nach Russland geworfen hatte, waren hier zusammen und kämpften mit brutaler Unbekümmertheit um ihr Leben.

»Retten wir diese alle«, sagte der General zu dem Offizier. »Morgen früh werden die Russen Herren von Studzianka sein. Man muss also die Brücke niederbrennen im Augenblick, wo die Russen erscheinen werden; also Mut, mein Freund! Schlage dich durch bis zur Höhe. Sag dem General Fournier, dass er kaum Zeit haben wird, seine Stellung aufzugeben, diese ganze Gesellschaft zu durchbrechen und die Brücke zu passieren. Sobald du siehst, dass er sich in Marsch setzt, wirst du ihm folgen. Mithilfe einiger kräftiger Leute wirst du mitleidlos die Lager, die Equipagen, die Kasten, die Wagen, alles niederbrennen! Treibe die ganze Gesellschaft über die Brücke; zwinge alles, was zwei Beine hat, auf das andere Ufer zu flüchten. Das Niederbrennen ist jetzt unsere letzte Rettung. Hätte Berthier mich diese verdammten Equipagen vernichten lassen, würde der Fluss niemanden fortgeschwemmt haben als meine armen Pioniere, die fünfzig Helden, die die Armen gerettet haben und die man vergessen wird!«

Der General führte die Hand an seine Stirn und verweilte schweigend. Er hatte die Empfindung, dass Polen sein Grab sein würde, und dass keine Stimme sich zugunsten dieser edelmütigen Männer erheben würde, die sich im Wasser hielten, im Wasser der Beresina!, um die Brückenpfähle festzumachen. Ein Einziger von ihnen lebt, oder korrekter gesagt, leidet heute noch in einem Dorfe, ein Unbekannter! Der Adjutant entfernte sich. Kaum hatte dieser edelmütige Offizier hundert Schritte nach Studzianka hin gemacht, als der General Eblé mehrere seiner leidenden Pioniere aufweckte und sein Rettungswerk begann, indem er die Zelte, die um die Brücke herum errichtet waren, anzündete und so die Schläfer, die ihn umgaben, die Beresina zu überschreiten zwang. Inzwischen war der junge Adjutant nicht ohne Mühe bei dem einzigen Holzhause angelangt, das noch in Studzianka aufrecht stand.

»Ist denn diese Baracke sehr voll, Kamerad?«, sagte er zu einem Manne, den er draußen bemerkte.

»Wenn Sie hereinkommen, werden Sie ein geschickter alter Soldat sein«, erwiderte der Offizier, ohne sich umzuwenden und ohne aufzuhören, mit seinem Säbel das Holz des Hauses zu zerstören.

»Sind Sie es, Philipp?«, sagte der Adjutant, der am Klange der Stimme einen seiner Freunde erkannte.

»Jawohl. Ach, du bist es, mein Alter!«, entgegnete Herr de Sucy und betrachtete den Adjutanten, der, wie er, erst dreiundzwanzig Jahre alt war. »Ich glaubte dich auf der anderen Seite dieses verdammten Flusses. Bringst du uns Kuchen und Konfekt zu unserem Dessert? Du wirst schön empfangen werden«, fügte er hinzu, indem er mit dem Losschälen der Holzrinde beschäftigt war, die er nach ländlicher Weise seinem Pferde als Futter reichte.

»Ich suche Ihren Kommandanten, um ihn im Namen des Generals Eblé aufzufordern, nach Zembin zu eilen. Sie werden kaum Zeit haben, durch diese Masse von Kadavern hindurchzukommen, die ich gleich in Brand setzen werde, um ihnen Beine zu machen.«

»Du machst mir ja förmlich warm! Deine Neuigkeit bringt mich in Schweiß. Ich habe zwei Freunde zu retten! Ach, ohne diese beiden Schützlinge wäre ich schon tot! Ihretwegen sorge ich für mein Pferd und esse selbst nicht mehr. Um Himmelswillen hast du nicht irgendein Stückchen Brot? Es sind jetzt dreißig Stunden her, dass ich nichts in den

Magen bekommen habe, und ich habe wie ein Wahnsinniger gekämpft, um mir das bisschen Wärme und Mut zu erhalten, das ich noch besitze.«

»Armer Philipp! Nichts, nichts. Versuche nicht, hier hineinzukommen! In dieser Scheune liegen unsere Verwundeten. Steige noch höher! Du wirst dann zu deiner Rechten eine Art von Schweinekoben finden: Da ist der General! Leb wohl, mein Tapferer. Wenn wir jemals wieder auf einem Pariser Parkett Quadrille tanzen ...« Er vollendete den Satz nicht: der Sturm wehte in diesem Moment so tückisch, dass der Adjutant losmarschierte, um nicht zu erfrieren, und die Lippen des Majors Philipp erstarrten. Bald herrschte völliges Schweigen. Es wurde nur von Seufzern unterbrochen, die aus dem Hause drangen, und durch das dumpfe Geräusch, das das Pferd des Herrn de Sucy machte, das vor Hunger und Wut die erfrorene Rinde kaute, aus der das Haus erbaut war. Der Major steckte seinen Säbel in die Scheide, nahm das kostbare Tier, das er zu bewahren verstanden hatte, jäh beim Zügel und riss es, trotz seines Widerstandes, von der unheilvollen Nahrung zurück, nach der es so gierig war. »Vorwärts, Bichette, vorwärts! Du allein kannst Stephanie retten. Warte nur, später, da werden wir uns ausruhen und sicher sterben können.«

Philipp, in einen Pelz gehüllt, dem er seine Erhaltung und seine Energie verdankte, fing an zu laufen, indem er mit den Füßen scharf auf den gefrorenen Schnee trat, um sich warm zu erhalten. Kaum hatte der Major fünfhundert Schritt gemacht, als er ein tüchtiges Feuer an dem Platze wahrnahm, wo er seit heute Morgen seinen Wagen unter der Obhut eines alten Soldaten gelassen hatte. Eine furchtbare Unruhe bemächtigte sich seiner. Wie alle die, welche während dieser Flucht von einer mächtigen Empfindung beherrscht wurden, verspürte er, um seinen Freunden zu helfen, Kräfte in sich, die er zu seiner eigenen Rettung nicht aufgebracht hätte. Bald befand er sich wenige Schritt von einer Terrainfalte entfernt, in der er, vor den Kugeln geborgen, eine junge Frau untergebracht hatte, seine Jugendgefährtin und seinen teuersten Schatz!

Etliche Schritte vom Wagen hatten sich etwa dreißig Nachzügler vor einem riesigen Feuer zusammengefunden, das sie mit hineingeworfenen Brettern, mit den Oberteilen von Kasten, mit Rädern und Wagenwänden unterhielten. Diese Soldaten waren jedenfalls die letzten aller Herbeigekommenen, die von dem Einschnitt zwischen dem Terrain von Studzianka bis zu dem verhängnisvollen Flusse einen Ozean von Köpfen, Feuern und Baracken bildeten, ein lebendes, von fast unmerklichen

Wogen bewegtes Meer, aus dem ein dumpfes, manchmal von schrecklichem Lärm unterbrochenes Geräusch empordrang. Von Hunger und Verzweiflung getrieben, hatten diese Unglückseligen sich wahrscheinlich zu dem Wagen hingedrängt. Der alte General und die junge Frau, die hier auf Fetzen, in Mäntel und Pelze gewickelt lagen, waren in diesem Moment vor dem Feuer niedergekniet. Der eine Wagenvorhang war zerrissen. Sobald die um das Feuer gelagerten Männer die Tritte des Pferdes und des Majors hörten, erhoben sie einen Schrei wütenden Hungers: »Ein Pferd, ein Pferd!«

Alles vereinigte sich zu einem einzigen Ruf.

»Zurück! Nehmen Sie sich in acht!«, riefen zwei bis drei Soldaten und machten sich an das Pferd.

Philipp stellte sich vor sein Tier und sagte: »Schufte! Ich stoße euch alle in euer Feuer. Da oben gibt's genug tote Pferde! Holt sie euch.«

»Ist das ein Spaßvogel, dieser Offizier! Eins, zwei, willst du dich wehren?«, entgegnete ein riesiger Grenadier. »Na, gut, wie du willst!«

Der Schrei einer Frau lenkte den Schuss ab. Philipp wurde glücklicherweise nicht getroffen; aber Bichette, die zusammengebrochen war, kämpfte mit dem Tode; drei Männer stürzten sich auf sie und gaben ihr mit Bajonettstößen den Rest.

»Kannibalen! Lasst mich wenigstens die Decke und meine Pistolen nehmen«, sagte Philipp verzweifelt. »Die Pistolen, ja«, erwiderte der Grenadier. »Aber was die Decke anlangt, da ist ein Infanterist, der seit zwei Tagen ›nichts auf seiner Laterne‹ hat, und der in seinem elenden Jammerrock zittert. Das ist unser General ...«

Philipp schwieg, als er einen Mann sah, dessen Schuhzeug verbraucht, dessen Hose an zehn Stellen durchlöchert war, und der auf dem Kopfe eine schlechte, mit Eis bedeckte Polizeimütze trug. Er beeilte sich, seine Pistolen an sich zu nehmen. Fünf Männer zogen das Tier vor das Feuer und begannen, es mit solcher Geschicklichkeit zu zerlegen, wie es Fleischergesellen in Paris hätten machen können. Mit bewunderungswürdiger Kunst wurden die Stücke abgelöst und auf Kohlen gelegt. Der Major stellte sich neben die Frau, die einen Schrei des Entsetzens ausgestoßen hatte, als sie ihn wiedererkannte; er sah sie unbeweglich auf einem Wagenkissen sitzend und sich wärmend; sie betrachtete ihn stillschweigend, ohne ihm zuzulächeln. Philipp sah jetzt neben ihr den Soldaten, dem er die Verteidigung des Wagens anvertraut hatte; der arme Mensch war verwundet worden. Überwältigt von der Menge, war er eben den Nachzüglern gewichen, die ihn angegriffen hatten; aber wie ein Hund, der bis zum letzten Augenblick das Essen seines Herrn verteidigt hat, hatte er sich seinen Teil an der Beute genommen und sich aus einem weißen Tuch eine Art Mantel gemacht. Jetzt war er damit beschäftigt, ein Stück Pferdefleisch umzudrehen, und der Major nahm auf seinem Gesichte die Freude wahr, die ihm die Zurüstungen zu dem Festessen verursachten. Der Graf von Vandières, seit drei Tagen in eine Art kindischen Zustandes verfallen, blieb auf seinem Kissen neben seiner Frau sitzen und betrachtete mit unbeweglichen Augen die Flammen, deren Wärme anfing, seine Erstarrung zu mildern. Er war von der Gefahr und der Ankunft Philipps nicht mehr erregt worden, als von dem Kampf, bei dem sein Wagen geplündert worden war. Sucy ergriff zuerst die Hand der jungen Gräfin, um ihr ein Zeichen seiner Hingabe auszudrücken und ihr den Schmerz darüber kundzugeben, dass sie so ins letzte Elend geraden war; aber er blieb stumm neben ihr auf einem Schneehaufen, der sich in Wasser auflöste, sitzen und gab selbst dem Wohlgefühl, sich zu erwärmen, nach, die Gefahr und alles andere vergessend. Sein Gesicht nahm gegen seine Absicht einen beinahe stumpfsinnigen Ausdruck von Freude an, und er wartete ungeduldig auf den Augenblick, wo das seinen Soldaten gegebene Stück Pferdefleisch gebraten war. Der Geruch dieses verkohlten Fleisches reizte seinen Hunger, und sein Hunger ließ sein Herzensempfinden, seinen Mut und seine Liebe schweigen. Ohne Zorn betrachtete er die Ergebnisse der Plünderung seines Wagens. Alle Leute, die das Feuer umgaben, hatten sich in die Decken, die Kissen, die Pelze, die männlichen und weiblichen Kleidungsstücke des Grafen und der Gräfin geteilt. Philipp wandte sich um, weil er sehen wollte, ob man noch Nutzen aus seiner Kasse ziehen konnte. Beim Lichte der Flammen bemerkte er Gold, Diamanten und Silberzeug zerstreut, ohne dass jemand daran dachte, sich auch nur das geringste Stück davon anzueignen. Jedes der Individuen, die der Zufall um das Feuer zusammengebracht hatte, bewahrte ein Stillschweigen, das etwas Fürchterliches an sich hatte, und tat nichts weiter, als was er für sein Wohlbefinden für notwendig erachtete. Dieses Elend hatte etwas Groteskes. Die von der Kälte veränderten Gesichter waren mit einem Überzug von Schmutz bedeckt, auf dem sich die Tränenspuren von den Augen bis zum unteren Teil der Wangen mit einer Furche abzeichneten, die die Dicke dieser Kruste anzeigte. Die Unsauberkeit ihrer langen Bärte machte die Soldaten noch abscheulicher. Die einen waren in Weiberschals gewickelt; die anderen trugen Pferdeschabracken, schmutzige Decken und Lumpen, bedeckt mit Reif, der anfing zu zerschmelzen; einige hatten einen Fuß in einem Schuh, den andern in einem Stiefel; schließlich gab es niemanden, dessen Kleidung nicht irgendeine lächerliche Besonderheit aufwies. Inmitten dieser komischen Umhüllung verharrten die Männer ernst und düster. Das Schweigen wurde nur von dem Krachen des Holzes unterbrochen, von dem Flackern der Flamme, von dem fernen Geräusch des Feldes und von den Säbelhieben, die die Verhungertsten Bichette versetzten, um die besten Stücke davon abzureißen. Einige Unglückliche, matter als die andern, schliefen bereits, und wenn einer von ihnen ins Feuer rollte, zog ihn niemand zurück. Diese strengen Logiker dachten, dass, wenn er nicht tot war, das Verbrennen ihn schon veranlassen würde, sich an einen geeigneteren Ort hinzulegen. Wenn aber der Unglückliche im Feuer erwachte und umkam, so beklagte ihn niemand. Etliche Soldaten sahen einander an, wie um ihre eigene Unbekümmertheit durch die Gleichgültigkeit der anderen gerechtfertigt zu sehen. Die junge Gräfin hatte zweimal einen solchen Anblick und blieb stumm. Als die verschiedenen Stücke, die man auf die Kohlen gelegt hatte, gebraten waren, füllte jeder seinen Hunger mit der Fressgier, die uns bei den Tieren so widerwärtig erscheint.

»Das ist das erste Mal, dass man dreißig Infanteristen auf einem Pferde gesehen hat«, rief der Grenadier, der das Tier abgestochen hatte.

Das war der einzige Scherz, der nationalen Witz bezeugte.

Bald rollte sich die Mehrzahl der armen Soldaten in ihre Kleider, legte sich auf Bretter, auf alles, was sie vor der Berührung mit dem Schnee schützen konnte, und schlief unbekümmert bis zum nächsten Morgen. Als der Major sich erwärmt und seinen Hunger gefüllt hatte, drückte ihm ein unbezwingliches Schlafbedürfnis auf die Wimpern. Während seines ziemlich kurzen Kampfes mit dem Schlafe betrachtete er die junge Frau, die, mit dem Gesicht zum Feuer gewendet, um zu schlafen, ihre geschlossenen Augen und einen Teil ihrer Stirn sehen ließ; sie war in einen dichten Pelz und einen dicken Dragonermantel gewickelt; ihr Kopf lag auf einem blutbefleckten Kopfkissen; ihre, von einem um den Hals geschlungenen Taschentuch festgehaltene Astrachanmütze schützte ihr Gesicht so viel als möglich vor der Kälte; die Füße hatte sie in den Mantel versteckt. So in sich selbst zusammengerollt, glich sie in der Tat nichts Menschlichem. War sie die letzte Marketenderin? War sie die entzückende Frau, der Stolz eines Liebhabers, die Königin der Pariser Bälle? Ach! Selbst das Auge ihres hingebendsten Freundes konnte nichts Weibliches mehr in diesem Haufen von Wäsche und Lumpen erkennen. Der Kälte war die Liebe im Herzen einer Frau gewichen. Durch die dichten Schleier, die der unwiderstehlichste Schlaf über die Augen des Majors breitete, sah er den Mann und die Frau nur noch wie zwei Punkte. Die Flammen des Feuers, die Gesichter überall, die schreckliche Kälte, die, drei Schritte von der flüchtigen Wärme entfernt, sich durchbohrend geltend machte, alles floss in einen Traum zusammen. Ein peinlicher Gedanke erschreckte Philipp. »Wir werden alle sterben, wenn ich einschlafe; ich will nicht schlafen«, sagte er sich. Aber er schlief. Ein schrecklicher Lärm und eine Explosion erweckten Herrn de Sucy nach einer Stunde Schlaf. Das Gefühl, seine Pflicht tun zu müssen, die Gefahr seiner Freunde fielen ihm plötzlich schwer aufs Herz. Er stieß einen Schrei ähnlich einem Geheul aus. Er und sein Soldat standen allein aufrecht. Sie erblickten ein Feuermeer vor sich, das im Schatten der Nacht vor ihnen eine Masse Menschen abschnitt, indem es die Hütten und Zelte verzehrte; sie hörten Verzweiflungsschreie und Geheul; sie sahen Tausende von entsetzten Gesichtern und wütenden Köpfen. Inmitten dieser Hölle bahnte sich eine Kolonne von Soldaten einen Weg nach der Brücke zu zwischen zwei Reihen von Kadavern hindurch.

»Das ist der Rückzug unsres Nachtrabs!«, rief der Major. »Keine Hoffnung mehr!«

»Ich habe Ihren Wagen geschont, Philipp«, sagte eine Freundesstimme.

Als er sich umwandte, erkannte Sucy beim Licht der Flammen den jungen Adjutanten.

»Ach, es ist alles verloren!«, erwiderte der Major. »Sie haben mein Pferd verzehrt. Und wie soll ich auch den stumpfsinnigen General und seine Frau auf den Weg bringen?«

»Nehmen Sie einen Feuerbrand und drohen Sie ihnen.«

»Soll ich die Gräfin bedrohen?«

»Adieu!«, rief der Adjutant. »Ich habe gerade nur noch Zeit, diesen fatalen Fluss zu überschreiten, und das muss geschehen. Ich habe eine Mutter in Frankreich. Was für eine Nacht! Diese Masse hier will lieber auf dem Schnee bleiben, und die Mehrzahl dieser Unglücklichen will sich lieber verbrennen lassen als sich erheben. Es ist vier Uhr, Philipp! In zwei Stunden werden die Russen anfangen sich zu rühren. Ich versichere Ihnen, dass Sie die Beresina bald voller Leichname sehen werden. Denken Sie an sich, Philipp! Sie haben keine Pferde, Sie können die Gräfin nicht tragen; also vorwärts, kommen Sie mit mir«, sagte er und fasste ihn am Arme.

»Aber, lieber Freund, wie soll ich Stephanie verlassen!«

Der Major ergriff die Gräfin, stellte sie auf die Beine, schüttelte sie mit der Rauheit eines Verzweifelten und zwang sie, aufzuwachen; sie sah ihn mit totem, starrem Blicke an.

»Wir müssen vorwärts, Stephanie, oder wir sterben hier.«

Als alle Antwort versuchte die Gräfin, sich zur Erde gleiten zu lassen, um zu schlafen. Der Adjutant ergriff einen Feuerbrand und bewegte ihn vor dem Gesicht Stephanies hin und her.

»Retten wir sie gegen ihren Willen!«, rief Philipp, hob die Gräfin auf und trug sie in den Wagen.

Er kehrte zurück und bat den Adjutanten um Hilfe. Beide nahmen den alten General, ohne zu wissen, ob er tot oder lebendig war, und legten ihn neben seine Frau. Der Major stieß mit dem Fuße jeden einzelnen der auf der Erde liegenden Leute weg, nahm ihnen ab, was sie geraubt hatten, häufte alle Kleider auf die beiden Gatten und warf in eine Ecke des Wagens etliche gebratene Stücke ihres Pferdes. »Was wollen Sie denn machen?«, fragte ihn der Adjutant.

»Sie schleppen«, sagte der Major.

»Sie sind wohl toll!«

»Das ist wahr!«, rief Philipp und kreuzte die Arme über der Brust.

Plötzlich schien er von einem verzweifelten Gedanken gepackt zu sein. »Du!«, sagte er und ergriff den gesunden Arm seines Soldaten, »ich vertraue sie dir für eine Stunde an! Denke daran, dass du eher sterben musst, als, wer es auch sei, an den Wagen herankommen lassen darfst.« Der Major bemächtigte sich der Diamanten der Gräfin, nahm sie in die eine Hand, zog mit der andern den Säbel und begann wütend auf die Schläfer loszuschlagen, die er für die unerschrockensten hielt, und es gelang ihm auch, den kolossalen Grenadier und noch zwei andere Männer, deren militärischer Rang unmöglich zu erkennen war, aufzuwecken.

»Wir sind verloren«, sagte er zu ihnen.

»Das weiß ich wohl«, antwortete der Grenadier, »aber das ist mir egal.«

»Nun also, so oder so tot, ist es nicht besser, sein Leben für eine hübsche Frau zu verkaufen, auf die Gefahr hin, Frankreich noch einmal wiederzusehen?«

»Ich will lieber schlafen«, sagte einer von den Leuten und rollte auf den Schnee, »und wenn du mich weiter belästigst, Major, werde ich dir mein Bajonett in die Wampe pflanzen.«

»Worum handelt es sich, Herr Major?«, fragte der Grenadier. »Der Kerl ist betrunken! Das ist ein Pariser; die wollen es bequem haben.«

»Das hier ist für dich, mein braver Kerl«, rief der Major und bot ihm einen Diamantenschmuck an, »wenn du mir folgen und wie ein Wilder kämpfen willst. Die Russen werden in zehn Minuten auf dem Marsche sein, sie sind beritten; wir werden auf ihre erste Batterie losmarschieren und zwei Pferde mit uns nehmen.«

»Aber die Schildwachen, Herr Major?«

»Einer von uns dreien«, sagte er zu dem Soldaten. Er unterbrach sich und sah den Adjutanten an; »Sie kommen mit uns, Hippolyt, nicht wahr?«

Hippolyt stimmte mit einem Kopfnicken zu.

»Einer von uns«, fuhr der Major fort, »wird die Schildwache auf sich nehmen. Übrigens werden sie auch vielleicht schlafen, diese verdammten Russen.«

»Bist du wirklich so tapfer, mein Major? Aber du wirst mich auch in deinem Wagen mitnehmen?« sagte der Grenadier.

»Jawohl, wenn du dort oben nicht dein Fell opfern musst. Wenn ich falle, versprecht mir, Hippolyt und du, Grenadier,» sagte der Major und wandte sich an seine beiden Gefährten, »dass ihr euch für die Rettung der Gräfin aufopfern wollt.»

»Abgemacht«, rief der Grenadier.

Sie wandten sich der Linie der Russen zu, nach den Batterien hin, die so furchtbar die Masse der Unglücklichen zerschmettert hatten, die am Ufer des Flusses lagen. Einige Augenblicke nach ihrem Verschwinden ertönte der Galopp zweier Pferde auf dem Schnee, und die wach gewordene Batterie sandte einige Salven hinterher, die über die Häupter der Schläfer hinweggingen; der Galopp der Pferde war so überstürzt, dass man von Schmiedhämmern hätte reden mögen. Der edelmütige Adjutant war gefallen. Der athletische Grenadier war heil und gesund geblieben. Philipp hatte bei der Verteidigung seines Freundes einen

Bajonettstich in die Schulter erhalten; trotzdem klammerte er sich an die Nackenhaare des Pferdes und presste es so fest mit seinen Beinen, dass das Tier sich wie in einem Schraubstock befand.

»Gott sei gelobt!«, rief der Major, als er seinen Soldaten unbeweglich im Wagen an seinem Platze vorfand.

»Wenn Sie gerecht sein wollen, Herr Major, werden Sie mir das Kreuz verschaffen. Wir haben hübsch mit dem Schießprügel und dem Stichgewehr gespielt, was?«

»Wir haben noch nichts geleistet. Jetzt müssen wir die Pferde anspannen. Nehmen Sie die Seile.«

»Es sind nicht genug davon vorhanden.«

»Dann, Grenadier, müssen Sie Hand an die Schläfer legen und ihre Umhänge und ihre Wäsche dazu nehmen ...«

»Sieh mal an, er ist tot, dieser Hanswurst!«, rief der Grenadier, als er den Ersten, an den er sich wandte, umdrehte. »Ach, wie komisch, sie sind ja tot!«

»Alle?«

»Jawohl, alle! Es scheint, das Pferd ist ein unverdauliches Essen, wenn man es mit Schnee genießt.« Diese Worte ließen Philipp erzittern. Der Frost war noch stärker geworden.

»Mein Gott! Eine Frau verlieren, die ich schon zwanzigmal gerettet habe.«

Der Major schüttelte die Gräfin und rief: »Stephanie! Stephanie!«

Die junge Frau öffnete ihre Augen.

»Wir sind gerettet, Madame.«

»Gerettet!«, wiederholte sie und fiel zurück.

Die Pferde wurden, so gut es ging, angespannt. Mit seinem Säbel in der gesunden Hand, die Zügel in der andern, bestieg er, mit seinen Pistolen bewaffnet, das eine Pferd, während der Grenadier sich auf das andere setzte. Der alte Soldat, dessen Füße erfroren waren, wurde quer in den Wagen über den General und die Gräfin geworfen. Durch Säbelhiebe angestachelt, trugen die Pferde die Equipage mit wütender Eile in die Ebene hinaus, wo unzählige Schwierigkeiten den Major erwarteten. Bald war es unmöglich, vorwärtszukommen, ohne zu riskieren, Männer, Frauen und eingeschlafene Kinder totzufahren, die alle sich zu rühren verweigerten, als der Grenadier sie aufweckte. Vergeblich suchte

Herr de Sucy den Weg, den der Nachtrab inzwischen sich mitten in dieser Menschenmasse gebahnt hatte; er war verschwunden wie das Kielwasser des Schiffes auf dem Meere; es ging nur im Schritt weiter, meist von den Soldaten angehalten, die damit drohten, die Pferde zu töten.

»Wollen Sie weiter kommen?«, fragte der Grenadier.

»Um den Preis meines Blutes, um den Preis der ganzen Welt«, erwiderte der Major.

»Vorwärts! Man macht keine Omelettes, ohne Eier zu zerschlagen.«

Und der Grenadier jagte die Pferde auf die Menschen los, ließ blutige Geleise hinter sich, stürzte die Zelte um und bahnte sich eine doppelte Furche quer durch dieses Feld von Köpfen. Aber wir müssen ihm die Gerechtigkeit widerfahren lassen, dass er niemals unterließ, mit donnernder Stimme zu rufen: »Achtung, ihr Biester!«

»Die Unglücklichen!«, rief der Major.

»Bah! Entweder der Frost oder die Kanonen!«, sagte der Grenadier, trieb die Pferde an und stach mit der Spitze seines Säbels auf sie los.

Eine Katastrophe, die ihnen sehr viel früher hätte begegnen und vor der bis dahin ein fabelhafter Zufall sie bewahrt hatte, hielt plötzlich ihren Weg an. Der Wagen stürzte um.

»Das dachte ich mir!«, rief der unerschütterliche Grenadier aus. »Oh, oh! Der Kamerad ist tot!«

»Armer Laurent!«, sagte der Major.

»Laurent? Ist er nicht von den fünften Jägern?«

»Jawohl.«

»Das ist mein Vetter. Bah! Das Hundeleben ist nicht schön genug, dass man es in der jetzigen Zeit zu bedauern hätte.«

Der Wagen wurde nicht wieder aufgerichtet, die Pferde nicht wieder freigemacht ohne einen unendlichen, nicht wieder gut zu machenden Zeitverlust. Der Stoß war so heftig gewesen, dass die junge Gräfin, die erwacht und durch die Bewegung aus ihrer Betäubung aufgerüttelt worden war, die Kleidungsstücke abwarf und sich erhob.

»Wo sind wir denn, Philipp?«, rief sie mit sanfter Stimme und sah um sich.

»Fünfhundert Schritt von der Brücke entfernt. Wir wollen über die Beresina. Jenseits des Flusses, Stephanie, werde ich Sie nicht mehr quälen, werde Sie schlafen lassen, wir werden in Sicherheit sein und in Ruhe Wilna erreichen. Gebe Gott, dass Sie niemals erfahren, was Ihr Leben gekostet hat!«

»Du bist verwundet?«

»Es bedeutet nichts.«

Die Stunde der Katastrophe war herangekommen. Die Kanonen der Russen kündigten den Tag an. Herren von Studzianka, feuerten sie über die Ebene; und bei dem ersten Morgenlicht bemerkte der Major ihre Kolonnen sich auf den Höhen formieren. Ein Alarmgeschrei erhob sich mitten aus der Menge, die in einem Moment auf den Beinen war. Instinktmäßig begriff jeder die ihm drohende Gefahr, und alle drängten sich in Wellenbewegungen der Brücke zu. Die Russen eilten mit der Schnelligkeit eines Feuerbrandes hinab. Männer, Weiber, Kinder, Pferde, alles marschierte auf die Brücke los. Glücklicherweise befanden sich der Major und die Gräfin noch ziemlich entfernt vom Ufer. Der General Eblé hatte Feuer an die Zelte am andern Ufer gelegt. Trotz der Warnungen, die vor dem Betreten der Rettungsplanke gegeben wurden, wollte niemand zurückweichen. Nicht nur senkte sich die mit Menschen überladene Brücke, sondern der heftige Strom von Menschenzufluss stürzte wie eine verhängnisvolle Lawine so hinab, dass eine Menschenmenge wie ein Schneesturz ins Wasser mitgerissen wurde. Man hörte keinen Schrei, sondern nur das dumpfe Geräusch eines ins Wasser gefallenen Steins; dann war die Beresina mit Leichnamen bedeckt. Der Rückstoß derjenigen, die in die Ebene zurückwichen, um diesem Tode zu entgehen, war so furchtbar, dass eine große Menge von Leuten durch Erstickung starben. Der Graf und die Gräfin verdankten ihr Leben nur ihrem Wagen. Nachdem die Pferde eine Masse Sterbender zerschmettert und vernichtet hatten, gingen sie selbst zugrunde unter den Füßen einer Art menschlicher Wasserhose, die auf das Ufer stürzte. Der Major und der Grenadier retteten sich durch ihre Kraft. Sie töteten, um nicht selbst getötet zu werden. Dieser Orkan von menschlichen Gesichtern, dieses Hin- und Herfließen von durch die gleiche Bewegung getragenen menschlichen Körpern, ließ während einiger Augenblicke das Ufer der Beresina verlassen erscheinen. Die Masse hatte sich zurück in die Ebene geworfen. Wenn etliche Menschen sich von oben den steilen Abhang hinabließen, so geschah das weniger in der Hoffnung, das andere Ufer zu erreichen, was für sie Frankreich bedeutete, als um den Wüsten Sibiriens zu entrinnen. Die Verzweiflung wurde eine Rettung für etliche mutige Leute. Ein Offizier sprang von Scholle zu Scholle bis an das andere Ufer; ein Soldat kletterte mit wunderbarer Geschicklichkeit über einen Haufen von Leichnamen und Eisschollen. Diese riesenhafte Volksmasse begriff schließlich, dass die Russen nicht zwanzigtausend waffenlose, erfrorene, stumpfgewordene Menschen, die sich nicht verteidigen würden, töten wollten, und jeder erwartete sein Los mit furchtbarer Resignation. So blieben also der Major, sein Grenadier, der alte Soldat und seine Frau allein einige Schritte von dem Orte, wo sich die Brücke befand. Alle vier standen hier aufrecht, mit trockenen Augen, stillschweigend und von einer Menge Toter umgeben. Etliche kräftige Soldaten, etliche Offiziere, denen die Verhältnisse alle ihre Energie wiedergaben, fanden sich neben ihnen ein. Diese ziemlich zahlreiche Gruppe umfasste ungefähr fünfzig Menschen. Der Major bemerkte in einer Entfernung von zweihundert Schritt die Ruinen der Brücke, die für die Wagen hergestellt, aber vorher zusammengebrochen war.

»Zimmern wir uns ein Floß zusammen!«, rief er.

Kaum hatte er dieses Wort fallen lassen, als die ganze Gruppe auf die Trümmer zulief. Eine Menge Menschen schickte sich an, Eisenstäbe aufzusammeln, Holzstücke, Seile aufzusuchen, kurz alles für den Bau eines Floßes notwendige Material. Eine Truppe von zwanzig Soldaten und Offizieren bildeten eine von dem Major befehligte Garde, um die Arbeiter gegen die verzweifelten Angriffe zu schützen, die die Masse vollführen könnte, wenn sie ihren Plan erriet. Das Gefühl der Freiheit, das die Gefangenen beseelt und ihnen Wunder einflößt, kann mit dem nicht verglichen werden, das in diesem Augenblick die unglücklichen Franzosen handeln ließ.

»Da sind die Russen! Da sind die Russen!«, schrien den Arbeitern ihre Verteidiger zu.

Das Holz kreischte, die Bohlen wuchsen in die Breite, Höhe und Tiefe. Generale, Soldaten, Oberste, alles bog sich unter dem Gewicht der Räder, der Eisen, der Bretter: Es war ein wahrhaftes Bild des Baues der Arche Noah. Die junge Gräfin saß neben ihrem Manne und sah mit Bedauern zu, weil sie an der Arbeit nichts mittun konnte; trotzdem half sie, Knoten zu knüpfen, um die Seile fester zu machen. Endlich war das Floß fertig. Vierzig Menschen stürzten sich ins Wasser des Flusses, während ein Dutzend Soldaten die Seile hielten, die dazu dienen sollten, an dem Abhang festzuhalten. Kaum aber sahen die Erbauer ihre Einschiffung auf der Beresina sich vollziehen, so stürzten sie sich von dem Ufer oben hinab mit äußerster Selbstsucht. Der Major, der die Wut des ersten

Ansturms befürchtete, hielt Stephanie und den General an der Hand fest; aber er erbebte, als er die dunkle Masse sich einschiffen sah und die darauf zusammengepressten Menschen erblickte, wie Zuschauer im Parterre eines Theaters.

»Ihr Wilden!«, rief er, »ich habe euch doch den Gedanken eingegeben, ein Floß zu erbauen; ich bin euer Retter, und ihr verweigert mir meinen Platz!«

Ein verworrener Lärm war die Antwort. Die am Rande des Floßes untergebrachten und mit Stäben zum Abstoßen vom Abhang versehenen Männer stießen mit Gewalt den Holzzug vorwärts, um ihn an das andere Ufer zu drängen und ihn die Eisschollen und Leichname durchschneiden zu lassen.

»Zum Donnerwetter noch mal! Ich renne euch ins Wasser, wenn ihr den Major und seine beiden Gefährten nicht richtig aufnehmt!«, schrie der Grenadier, erhob seinen Säbel, verhinderte ihren Aufbruch und ließ sie zusammenrücken trotz der schrecklichen Schreie.

»Ich werde fallen! Ich falle!«, schrien seine Gefährten. »Immer weiter vorwärts.«

Der Major betrachtete trockenen Auges seine Geliebte, die ihre Augen zum Himmel mit erhabener Ergebung aufhob.

»Mit dir zusammen sterben!«, sagte sie.

Es lag etwas Komisches in der Haltung der Leute auf dem Floß. Obgleich sie ein schauderhaftes Gebrüll ausstießen, wagte doch keiner dem Grenadier Widerstand zu leisten; denn sie waren so zusammengedrängt, dass eine einzige Person nur zu stoßen brauchte, um alles umzustürzen. In dieser Gefahr versuchte ein Hauptmann sich von einem Soldaten zu befreien, der die feindliche Bewegung des Offiziers wahrnahm, ihn anpackte und ihn ins Wasser stürzte mit den Worten: »Ach, du Ente, du willst trinken! Na dann los!«

»Hier sind zwei Plätze frei!«, rief er dann. »Vorwärts, Major, werfen Sie uns Ihre kleine Frau herüber und kommen Sie selbst mit! Lassen Sie doch den alten Mops zurück, der wird ja morgen doch sterben!«

»Beeilt euch!«, schrie eine Stimme, die sich aus hundert zusammensetzte.

»Vorwärts, Major ... Die andern schimpfen, und sie haben recht.«

Der Graf von Vandières entledigte sich seiner Umkleidung und stand aufrecht in seiner Generalsuniform. »Retten wir den Grafen«, sagte Philipp.

Stephanie drückte ihrem Freunde die Hand, warf sich über ihn und umarmte ihn mit wildem Druck.

»Adieu!«, sagte sie.

Sie hatten sich verstanden. Der Graf von Vandières fand seine Kräfte und seine Geistesgegenwart wieder, um zur Einschiffung hinunterzuspringen, wohin Stephanie ihm folgte, nachdem sie einen letzten Blick auf Philipp geworfen hatte.

»Major, wollen Sie meinen Platz haben? Ich pfeife aufs Leben«, rief der Grenadier. »Ich habe weder Frau, noch Kind, noch Mutter.«

»Ich vertraue sie dir an«, rief der Major und zeigte auf den Grafen und seine Frau.

»Seien Sie beruhigt, ich werde sie wie meinen Augapfel hüten.«

Das Floß wurde mit solcher Gewalt an das Ufer gestoßen, das der Stelle, wo Philipp unbeweglich stand, gegenüber war, dass sein Stoß an die Erde alles erschütterte. Der an Bord befindliche Graf rollte in den Fluss. Als er hineinfiel, schlug ihm eine Eisscholle auf den Kopf und trieb ihn wie eine Kugel weit weg.

»He! Major!«, schrie der Grenadier.

»Adieu!«, rief eine Frauenstimme.

Und Philipp de Sucy fiel vor Schreck erstarrt nieder, überwältigt von der Kälte, dem Schmerz und der Müdigkeit.

* * *

»Meine arme Nichte war irrsinnig geworden«, fügte der Arzt nach einer kurzen Pause hinzu. »Ach, mein Herr«, fuhr er fort und ergriff Herrn d'Albons Hand, »wie entsetzlich wurde das Leben für diese kleine, so junge, so zarte Frau! Nachdem sie infolge eines unglaublichen Missgeschicks von dem Gardegrenadier, einem gewissen Fleuriot, getrennt worden war, wurde sie zwei Jahre hindurch hinter der Armee hergeschleppt, als Spielzeug eines Haufens von Elenden. Man hat mir erzählt, dass sie mit bloßen Füßen, schlecht bekleidet, ganze Monate hindurch ohne Pflege, ohne Nahrung blieb; bald in Krankenhäusern gehalten, bald wie ein Tier weggejagt; Gott allein weiß, wie viel Unglück diese

Unselige dennoch überlebt hat! Sie befand sich in einer kleinen deutschen Stadt, mit Irrsinnigen zusammengesperrt, während ihre Verwandten, die sie für tot hielten, ihre Erbschaft teilten. Im Jahre 1816 erkannte sie der Grenadier Fleuriot in einer Straßburger Herberge, wo sie angelangt war, nachdem sie eben aus ihrem Gefängnis entwichen war. Einige Bauern erzählten dem Grenadier, dass die Gräfin einen ganzen Monat in einem Walde gelebt hätte und dass sie nach ihr gejagt hätten, um sich ihrer habhaft zu machen und zu ihr gelangen zu können. Ich befand mich damals wenige Meilen von Straßburg entfernt. Als ich von einem wilden Mädchen reden hörte, hatte ich den Wunsch, die ungewöhnlichen Tatsachen festzustellen, die Grund zu so lächerlichen Erzählungen gaben. Wie wurde mir, als ich die Gräfin wiedererkannte! Fleuriot berichtete mir alles, was er von dieser traurigen Geschichte wusste. Ich nahm diesen armen Menschen mit meiner Nichte nach der Auvergne mit, wo ich das Unglück hatte, ihn zu verlieren. Er hatte ein wenig Herrschaft über Frau von Vandières. Er allein konnte bei ihr erreichen, dass sie sich ankleidete. ›Adieu!‹, dieses Wort, worin ihr ganzes Sprechen bestand, sagte sie früher nur selten. Fleuriot hatte es unternommen, einige Gedanken in ihr wieder zu erwecken; aber er war nicht weitergekommen, er hatte sie nur dazu gebracht, dieses traurige Wort etwas häufiger auszusprechen. Der Grenadier verstand sie zu zerstreuen und zu beschäftigen, indem er mit ihr spielte, und auf seine Kunst hoffte ich, aber ...«

Der Onkel Stephanies schwieg einen Augenblick. »Hier«, fuhr er fort, »hat sie ein anderes Wesen gefunden, mit dem sie sich zu verstehen scheint. Das ist eine idiotische Bäuerin, die trotz ihrer Hässlichkeit und Stumpfsinnigkeit einen Maurer geliebt hat. Dieser Maurer wollte sie heiraten, weil sie einige Morgen Land besitzt. Die arme Genovefa war während eines Jahres das glücklichste Geschöpf der Welt. Sie putzte sich und ging Sonntags mit Dallot tanzen; sie verstand sich auf die Liebe; es fand sich in ihrem Herzen und in ihrem Geiste Platz für ein solches Gefühl. Aber Dallot stellte seine Überlegungen an. Er fand ein junges Mädchen, das seinen gesunden Verstand und zwei Morgen Land mehr besaß als Genovefa. Da hat Dallot Genovefa stehen gelassen. Das arme Geschöpf verlor das bisschen Intelligenz, das die Liebe bei ihr entwickelt hatte, und versteht sich nun nur noch auf Kühe hüten und Gras schneiden. Meine Nichte und dieses arme Mädchen sind gewissermaßen durch die unsichtbare Kette eines gemeinsamen Geschicks aneinander gebunden und durch das Gefühl, das ihren Irrsinn veranlasst hat. Hier, sehen Sie«, sagte Stephanies Onkel und führte den Marquis d'Albon ans Fenster.

Der Richter bemerkte jetzt in der Tat die hübsche Gräfin auf der Erde zwischen den Beinen Genovefas sitzend; die mit einem riesigen knöchernen Kamm bewaffnete Bäuerin wendete viel Sorgsamkeit darauf, das lange schwarze Haar Stephanies durchzukämmen, die sich das gefallen ließ, indem sie erstickte Schreie von sich gab, deren Akzent ein instinktiv empfundenes Behagen verriet. Herr d'Albon erschauerte, als er die Hingebung des Körpers und die tierische Haltlosigkeit bemerkte, die bei der Gräfin die vollkommene Abwesenheit des Geistes verriet.

»Philipp, Philipp!«, rief er aus, »das vergangene Unglück bedeutet ja noch nichts. Gibt es denn keine Hoffnung mehr?«, fragte er.

Der alte Arzt hob die Augen zum Himmel empor. »Adieu, mein Herr«, sagte Herr d'Albon und drückte dem Alten die Hand. »Mein Freund erwartet mich, Sie werden ihn bald sehen.«

»Also sie ist es doch!«, rief Sucy aus, nachdem er die ersten Worte des Marquis d'Albon gehört hatte. »Ach, ich zweifelte noch daran«, fügte er hinzu und ließ einige Tränen aus seinen dunklen Augen herabfallen, deren Ausdruck ungewöhnlich ernst war. »Ja, es ist die Gräfin von Vandières«, antwortete der Richter.

Der Oberst erhob sich jäh und kleidete sich eilig an. »Aber Philipp!«, sagte der Richter verblüffst, »wirst du verrückt?«

»Aber ich bin ja nicht mehr krank«, antwortete der Oberst einfach. »Diese Nachricht hat alle meine Schmerzen beruhigt. Und was für ein Unglück könnte ich empfinden, wenn ich an Stephanie denke. Ich gehe nach Bons-Hommes, sie sehen, mit ihr sprechen, sie heilen. Sie ist frei. Schön! Das Glück wird uns lächeln, oder es gäbe keine Vorsehung mehr. Glaubst du denn, dass diese arme Frau mich anhören könnte, ohne ihren Verstand wieder zu gewinnen?«

»Sie hat dich schon gesehen, ohne dich wiederzuerkennen«, entgegnete sanft der Richter, der, als er die übertriebene Hoffnung seines Freundes wahrnahm, versuchte, ihm heilsamen Zweifel einzuflößen. Der Oberst erzitterte. Aber er begann zu lächeln und ließ sich eine leichte Bewegung der Ungläubigkeit entschlüpfen. Niemand wagte es, dem Plan des Obersten lieh zu widersetzen. Nach wenigen Stunden befand er sich in der alten Priorei bei dem Arzte und der Gräfin von Vandières.

»Wo ist sie?«, rief er aus, als er ankam.

»Still!«, antwortete ihm Stephanies Onkel. »Sie schläft. Dort ist sie.«
Philipp sah die arme Irre in der Sonne auf einer Bank niedergehockt. Ihr Kopf war gegen die Hitze der Luft durch einen Wald verwirrter Haare auf ihrem Gesicht geschützt; ihre Arme hingen graziös bis auf die Erde hinab; ihr Körper lag in reizvoller Stellung wie der einer Hirschkuh; ihre Füße waren ohne Mühe unter ihr zusammengebogen; ihr Busen hob sich in regelmäßigen Intervallen; ihre Haut, ihr Teint wies die Porzellanblässe, die wir so sehr auf den Gesichtern von Kindern bewundern. Unbeweglich neben ihr stehend, in der Hand einen Zweig, den Stephanie zweifellos von dem höchsten Wipfel eines Pappelbaums abgepflückt hatte, bewegte die Idiotin sanft die Blätter über ihrer eingeschlafenen Gefährtin, um die Fliegen zu verjagen und die Luft zu erfrischen. Die Bäuerin betrachtete Herrn Fanjat und den Obersten; dann, wie ein Tier, das seinen Herrn erkannt hat, wandte sie langsam den Kopf der Gräfin zu und fuhr fort, über ihr zu wachen, ohne das geringste Zeichen von Erstaunen oder Verständnis zu geben. Die Luft war glühend. Die Steinbank schien zu funkeln, und die Wiese strahlte dem Himmel diese ruhelosen Düfte entgegen, die über den Kräutern flimmern und glühen wie ein goldener Staub; aber Genovefa schien die verzehrende Hitze nicht zu spüren. Der Oberst drückte heftig die Hände des Arztes in den seinigen. Aus den Augen des Soldaten rollten Tränen die männlichen Wangen entlang und fielen auf den Rasen zu Stephanies Füßen.

»Mein Herr«, sagte der Onkel, »jetzt sind es zwei Jahre her, dass mir täglich das Herz brechen will. Bald werden Sie so weit sein wie ich. Wenn Sie nicht mehr weinen, so werden Sie Ihren Schmerz nicht um so weniger empfinden.«

»Sie haben für sie gesorgt?«, sagte der Oberst, dessen Blicke ebenso viel Dankbarkeit wie Eifersucht ausdrückten.

Die beiden Männer verstanden sich; und indem sie sich von Neuem die Hand drückten, blieben sie unbeweglich in der Betrachtung der herrlichen Ruhe, die der Schlaf über dieses entzückende Wesen ausbreitete. Von Zeit zu Zeit stieß Stephanie einen Seufzer aus, und dieser Seufzer, der alle Anzeichen des Gefühls zeigte, ließ den unglücklichen Obersten vor Freude erzittern.

»Ach«, sagte Herr Fanjat leise zu ihm, »täuschen Sie sich nicht, mein Herr, Sie sehen sie jetzt bei voller Vernunft.«

Wer je voller Entzücken damit beschäftigt war, ganze Stunden lang eine zärtlich geliebte Person schlafen zu sehen, deren Augen im Schlafe lächeln müssten, wird zweifellos das süße und furchtbare Gefühl begreifen, das den Obersten bewegte. Für ihn war der Schlaf eine Vorspiegelung; das Erwachen musste für ihn den Tod bedeuten, und zwar den schrecklichsten aller Tode. Plötzlich lief eine junge Ziege in drei Sprüngen auf die Bank zu und witterte Stephanie, welche das Geräusch erweckte; sie richtete sich leicht auf den Füßen auf, ohne dass diese Bewegung das launische Tier erschreckte; aber als sie Philipp bemerkte, floh sie, von ihrem vierfüßigen Gefährten gefolgt, bis zu einer Holunderhecke; dann ließ sie einen kleinen wilden Vogelschrei hören, den der Oberst nahe beim Gitter schon gehört hatte, wo die Gräfin Herrn d'Albon zum ersten Mal erschienen war. Schließlich kletterte sie auf einen wilden Ebenholzbaum, hockte sich in dem grünen Gipfel dieses Baumes fest und fing an, den »Unbekannten« mit der der Neugier der Nachtigallen des Waldes zu betrachten.

»Adieu, adieu, adieu!«, sagte sie, ohne dass ihre Seele diesem Worte eine Betonung verlieh.

Es war die Gleichgültigkeit eines in der Luft singenden Vogels.

»Sie erkennt mich nicht mehr!«, rief der verzweifelte Oberst. »Stephanie! Das ist ja Philipp, dein Philipp, Philipp!«

Und der arme Soldat sprang auf den Baum zu; aber als er drei Schritt von ihm entfernt war, sah ihn die Gräfin an, wie um ihm zu trotzen, obwohl ein furchtsamer Ausdruck in ihrem Auge erschien; dann rettete sie sich von dem Ebenholzbaum auf eine Akazie und von da auf eine nordische Tanne, wo sie sich von Zweig zu Zweig mit unerhörter Leichtigkeit wiegte.

»Verfolgen Sie sie nicht«, sagte Herr Fanjat zu dem Obersten. »Sie könnten zwischen ihr und sich einen unüberwindlichen Zwiespalt aufrichten; ich werde Ihnen helfen, sie kennenzulernen und sie zu zähmen. Kommen Sie auf diese Bank her. Wenn Sie Ihre Aufmerksamkeit nicht auf diese arme Irre richten, dann werden Sie sie bald unmerklich näher kommen sehen, um Sie zu prüfen.

»Sie! Mich nicht wiedererkennen und mich fliehen!«, wiederholte der Oberst und lehnte den Rücken gegen einen Baum, dessen Blätter eine ländliche Bank beschatteten. Der Doktor verharrte stillschweigend. Bald kam die Gräfin von dem Gipfel der Tanne sachte von oben herab, indem sie wie ein Irrlicht herabschwankte und sich zuweilen mit den

Regungen des Windes mitgehen ließ, die er den Bäumen mitteilte. Bei jedem Aste hielt sie still, um nach dem Fremden auszuspähen; aber da sie ihn unbeweglich sah, sprang sie schließlich auf das Gras, stellte sich aufrecht und kam mit langsamem Schritt quer über die Wiese auf ihn zu. Als sie an einem Baum, ungefähr zehn Fuß von der Bank entfernt stand, sagte Herr Fanjat leise zu dem Obersten: »Nehmen Sie vorsichtig in meiner rechten Tasche etliche Stücke Zucker und zeigen Sie sie ihr, sie wird dann näher kommen; ich werde zu Ihren Gunsten auf das Vergnügen verzichten, ihr einige Leckereien zu verschaffen. Mit Unterstützung des Zuckers wird sie Sie leidenschaftlich lieben, Sie werden sie gewöhnen, Ihnen näher zu kommen und Sie wieder zu erkennen.«

»Als sie ein echtes Weib war«, antwortete Philipp traurig, »hatte sie gar keinen Geschmack für Süßigkeiten.«

Als der Oberst Stephanie mit dem Stückchen Zucker winkte, das er ihr mit dem Daumen und Zeigefinger der rechten Hand hinhielt, stieß sie einen neuen wilden Schrei aus und eilte eilig auf Philipp zu; dann blieb sie stehen, von der instinktiven Furcht bewegt, die sich ihr aufdrängte; abwechselnd betrachtete sie den Zucker und wandte den Kopf ab, wie die armseligen Hunde, denen die Herren verbieten, an ein Gericht zu rühren, bevor man ihnen einen der letzten Buchstaben des Alphabets nennt, das man langsam rezitiert hat. Endlich siegte die tierische Leidenschaft über die Furcht: Stephanie stürzte sich auf Philipp, streckte schüchtern ihre hübsche braune Hand aus, um die Beute zu ergreifen, berührte die Finger ihres Geliebten, packte den Zucker und verschwand in einem Gebüsch des Waldes. Diese schauderhafte Szene schlug den Obersten vollends danieder, der in Tränen ausbrach und sich in seinen Salon flüchtete.

»Verleiht die Liebe denn weniger Mut als die Freundschaft?«, sagte Herr Fanjat zu ihm: »Ich habe noch Hoffnung, Herr Baron. Meine arme Nichte war in einem viel bedauernswerteren Zustande, als dem, in dem Sie sie sehen.«

»Ist das noch möglich?«, rief Philipp aus.

»Sie war nackt geblieben«, erwiderte der Mediziner. Der Oberst machte eine Schreckensgebärde und erbleichte; der Doktor glaubte in dieser Blässe einige bösen Symptome zu erkennen: er fasste ihm den Puls und fand ihn einem heftigen Fieber ausgeliefert; auf ernstliches Drängen gelang es ihm, ihn ins Bett zu bringen, und er bereitete ihm eine leichte Dosis Opium, um ihm einen ruhigen Schlaf zu verschaffen. So verliefen ungefähr acht Tage, während deren der Baron von Sucy oft mit tödlicher Angst kämpfte; bald fanden seine Augen keine Tränen mehr. Seine oft erschütterte Seele vermochte sich nicht an das Schauspiel zu gewöhnen, das ihm der Irrsinn der Gräfin darbot; aber er fand sich in gewissem Sinne mit der grausamen Lage ab und erblickte in seinem Schmerze einen Trost. Sein Heroismus kannte keine Grenzen. Er fand den Mut, Stephanie zu zähmen, indem er ihr Süßigkeiten aussuchte; er gab sich solche Mühe, ihr diese Nahrung herbeizubringen, er verstand es, die bescheidenen Eroberungen, die er dem Instinkt seiner Geliebten diesen letzten Rest ihrer Intelligenz aufdrängen wollte, so vorsichtig abzumessen, dass es ihm gelang, sie vertraulicher zu machen, als sie es jemals gewesen war.

Der Oberst stieg jeden Morgen in den Park hinunter; und wenn er, nachdem er lange Zeit nach der Gräfin gesucht hatte, nicht ahnen konnte, auf welchem Baum sie sich leicht wiegte, noch in welchem Winkel sie geklettert war, um hier mit einem Tier zu spielen, noch auf welches Dach sie geklettert war, so pfiff er den berühmten Marsch: Partant pour la Syrie, woran sich die Erinnerung an eine Szene ihrer Liebe kettete. Sogleich lief Stephanie mit der Leichtigkeit eines jungen Rehs herbei. Es war ihr so natürlich geworden, den Obersten zu sehen, dass er sie nicht mehr erschreckte; bald gewöhnte sie sich daran, sich neben ihn zu setzen, ihn mit ihrem mageren beweglichen Arm zu umfassen. In dieser, den Liebenden so teuren Haltung, gab ihr Philipp langsam einiges Zuckerzeug, für das die Gräfin eine Vorliebe hatte. Wenn sie alles aufgenascht hatte, geschah es zuweilen, dass Stephanie die Taschen ihres Freundes mit Gesten durchforschte, die die mechanische Schnelligkeit eines Affen zeigten. Wenn sie ganz sicher war, dass er nichts mehr darin hatte, betrachtete sie Philipp mit klarem Auge, ohne Gedanken, ohne ein Wiedererkennen; sie spielte dann mit ihm; sie versuchte dann, ihm die Stiefel wegzunehmen, um seinen Fuß anzusehen, sie zerriss seine Handschuhe, setzte seinen Hut auf; sie ließ ihn seine Hände in ihr Haar stecken, erlaubte ihm, sie in seine Arme zu nehmen, und empfing ohne Vergnügen glühende Küsse. Endlich sah sie ihn schweigend an, wenn er Tränen vergoss; sie begriff wohl den Pfiff von Partant pour la Syrie, aber es wollte ihm nicht gelingen, sie ihren eigenen Namen »Stephanie« aussprechen zu lassen. Philipp wurde bei seinem schrecklichen Unternehmen in einer Hoffnung festgehalten, die ihn niemals verließ. Wenn er an einem schönen Herbstvormittag die Gräfin ruhig auf einer Bank sitzend sah, unter einem gelb gewordenen Pappelbaum, lagerte sich der arme Liebende zu ihren Füßen und sah ihr so lange in die Augen, als sie ihn hineinsehen ließ, in der Hoffnung, dass das Licht, das ihr daraus entschlüpfte, wieder zur Vernunft werden würde. Manchmal bildete er sich etwas ein: Er glaubte die harten und unbeweglichen Züge von Neuem zitternd, weich und lebendig werden zu sehen und rief aus: »Stephanie! Stephanie! Du verstehst mich, du siehst mich!« Aber sie hörte den Ton seiner Stimme wie ein Geräusch, wie die Wirkung des Windes, der die Bäume bewegte, wie das Brüllen der Kuh, auf die sie kletterte; und der Oberst rang verzweifelt seine Hände, immer von neuen verzweifelt. Die Zeit und seine vergeblichen Versuche vermehrten nur seinen Schmerz. Eines Abends, bei ruhigem Himmel und inmitten des Schweigens und Friedens des ländlichen Asyls, bemerkte der Doktor von fern, wie der Oberst eine Pistole lud. Der alte Arzt begriff, dass Philipp keine Hoffnung mehr hatte; er fühlte, wie alles Blut ihm zu Herzen floss, und wenn er den Schwindel, der sich seiner bemächtigte, widerstand, so geschah es, weil er lieber seine Nichte lebend und irre sehen wollte als tot. Er lief herzu.

»Was machen Sie da?«, sagte er.

»Das ist für mich«, antwortete der Oberst und zeigte auf eine geladene Pistole auf der Bank, »und die dort ist für sie!«, fügte er hinzu und schob die Kugel in die Waffe, die er hielt.

Die Gräfin lag auf der Erde ausgestreckt und spielte mit den Kugeln.

»Sie wissen also nicht«, sagte kalt der Arzt, der seinen Schrecken verbarg, »dass sie heute Nacht im Schlafe gesagt hat: Philipp?«

»Sie hat meinen Namen genannt!«, rief der Baron und ließ seine Pistole zur Erde fallen, die Stephanie wieder aufhob; aber er entriss sie ihren Händen, bemächtigte sich derjenigen, die sich auf der Bank befand, und rettete sich.

»Arme Kleine!«, rief der Arzt aus, glücklich über den Erfolg, den seine List gehabt hatte. Er drückte die Irre an seinen Busen und fuhr fort: »Er hätte sie getötet, der Egoist! Er will dir den Tod geben, weil er selber leidet. Er versteht es nicht, dich um deinetwillen zu lieben, mein Kind! Wir werden ihm vergeben, nicht wahr? Er ist unsinnig, und du, du bist nur irre. Gott, mein Liebling, soll dich allein an ihn erinnern. Wir halten dich für unglücklich, weil du an unserem Elend nicht teilnimmst, töricht wie wir sind! Du aber«, sagte er und setzte sie auf seine Knie, »du bist glücklich, nichts stört dich; du lebst wie eine Hirschkuh.«

Sie sprang auf eine junge Amsel los, die hüpfte, packte sie mit einem kleinen Schrei der Genugtuung, erstickte sie, sah die Tote an und ließ sie am Fuße eines Baumes liegen, ohne weiter an sie zu denken. Als der nächste Morgen tagte, stieg der Oberst in die Gärten hinab. Er suchte Stephanie, er glaubte an sein Glück; und als er sie nicht fand, pfiff er nach ihr. Als die Geliebte herangekommen war, nahm er sie beim Arm und ging mit ihr zum ersten Mal in gleichem Schritt, sie begaben sich in ein Gesträuch verblühender Bäume, von denen im Morgenwinde Blätter herabfielen. Der Oberst setzte sich, und Stephanie lehnte sich von selbst an ihn. Philipp zitterte vor Freude.

»Meine Geliebte«, sagte er und küsste mit glühender Liebe die Hände der Gräfin, »ich bin Philipp.«

Sie sah ihn voll Neugierde an.

»Komm«, fügte er hinzu und presste sie an sich. »Fühlst du, wie mein Herz schlägt? Es hat nur für dich geschlagen. Ich liebe dich noch immer ... Philipp ist nicht tot: Er ist hier ... Du bist bei ihm ... Du bist meine Stephanie, und ich bin dein Philipp.«

»Adieu!«, sagte sie, »Adieu!

Der Oberst erzitterte, denn er glaubte zu bemerken, dass seine Erregung sich seiner Geliebten mitteilte. Sein zerreißender Schrei, von der Hoffnung angestachelt, diese letzte Anstrengung einer ewigen Liebe, einer verzehrenden Leidenschaft, würde die Vernunft seiner Geliebten erwecken.

»Ach, Stephanie! Wir werden glücklich sein!«

Sie ließ sich einen Schrei der Genugtuung entschlüpfen, und ihre Augen zeigten einen warmen Schimmer von Intelligenz.

»Sie erkennt mich wieder! Stephanie!

Der Oberst fühlte sein Herz schwellen und seine Augen feucht werden. Aber er sah plötzlich die Gräfin ihm ein Stückchen Zucker zeigen, das sie gefunden hatte, als sie ihn durchsuchte, während er sprach. Er hatte also für einen menschlichen Gedanken diesen Grad von Verstand gehalten, den die List des Affen voraussetzt. Philipp verlor die Besinnung. Herr Fanjat fand die Gräfin auf dem Körper des Obersten sitzend. Sie biss zum Zeichen ihres Vergnügens in ihren Zucker mit einer Schöntuerei, die man bewundert hätte, wenn sie, im Besitz ihrer Vernunft, zum Spaß ihren Papagei oder ihre Katze hätte nachahmen wollen.

»Ach, mein Freund!«, rief Philipp aus, als er wieder zur Besinnung kam, »ich sterbe alle Tage, alle Augenblicke! Ich liebe sie zu sehr! Alles würde ich ertragen haben, wenn sie in ihrem Irrsinn ein klein wenig von weiblichem Charakter beibehalten hätte. Aber sie immer wie eine Wilde sehen und selbst schamlos, sie sehen ...«

»Sie wollen also einen Opernirrsinn haben, sagte bitter der Doktor, »und die Hingebung Ihrer Liebe ist Vorurteilen unterworfen? Wie, mein Herr, ich habe mich des trüben Glücks beraubt, meine Nichte zu ernähren, ich habe Ihnen das Vergnügen, überlassen, mit ihr zu spielen und mir nur die drückendsten Lasten vorbehalten ... Während Sie schlafen, wache ich über sie, ich ... Nein, mein Herr, überlassen Sie sie mir wieder. Verlassen Sie diese traurige Einsiedelei. Ich kann mit diesem teuren kleinen Wesen leben; ich verstehe ihren Irrsinn, ich spähe ihre Gesten aus, ich kenne ihre Geheimnisse. Eines Tages werden Sie mir dafür danken.«

Der Oberst verließ Bons-Hommes, um nur noch einmal dorthin zurückzukehren. Der Doktor war betroffen von der Wirkung, die er bei seinem Gast hervorgerufen hatte; er begann ihn gleichermaßen zu lieben wie seine Nichte. Wenn von den beiden Liebenden der eine des Mitleids wert war, so war es sicher Philipp: Trug er nicht für sich selbst allein die Last eines schrecklichen Schmerzes? Der Arzt zog Erkundigungen über den Oberst ein und erfuhr, dass der Unglückliche sich auf ein Gut geflüchtet hatte, das er in der Nähe von Saint-Germain besaß. Der Baron hatte, unter der Eingebung eines Traums, einen Plan gefasst, um der Gräfin den Verstand wiederzugeben. Ohne Wissen des Doktors verwandte er den Rest des Herbstes auf die Vorbereitungen zu diesem gewaltigen Unternehmen. Ein Flüsschen lief durch seinen Park, wo es im Winter einen großen Sumpf überschwemmte, der fast demjenigen glich, der sich längs des rechten Ufers der Beresina ausbreitete. Das Dorf Satout, das auf einem kleinen Hügel lag, rahmte diese Szene des Schreckens ein, wie Studzianka die Niederung der Beresina umschloss. Der Oberst nahm eine Anzahl Arbeiter an und ließ einen Kanal ziehen, der den reißenden Fluss darstellte, wo die Schätze Frankreichs untergegangen waren, Napoleon und seine Armee. Mithilfe seiner Erinnerung gelang es Philipp, in seinem Park das Ufer nachzubilden, wo der General Eblé seine Brücken errichtet hatte. Er pflanzte Breche und ließ sie anzünden, um dadurch die geschwärzten und halb verbrauchten Bretter darzustellen, die auf beiden Seiten des Ufers den Nachzüglern bezeugt hatten, dass der Weg nach Frankreich ihnen versperrt war. Der

Oberst ließ Holztrümmer herbeischleppen, ähnlich denen, deren sich seine Unglücksgefährten bedient hatten, um ihr Fahrzeug zu konstruieren. Er verwüstete seinen Park, um die Illusion vollkommen zu machen, auf die er seine letzte Hoffnung baute. Er beschaffte zerlumpte Uniformen und Kleider, um mehrere Hundert Bauern darein zu kleiden. Er errichtete Hütten, Biwaks, Batteriestände, die er in Brand setzte. Kurz er vergaß nichts von alledem, was geeignet war, die schrecklichste aller Szenen nachzubilden, und er erreichte sein Ziel. Um die ersten Tage des Monats Dezember, als der Schnee die Erde mit einem dicken weißen Mantel bedeckt hatte, erkannte er die Beresina wieder. Dieses falsche Russland war von einer so erschreckenden Wirklichkeit, dass auch mehrere seiner Waffengefährten die Szene ihrer ehemaligen Leiden wiedererkannten. Herr von Sucy hütete das Geheimnis dieser tragischen Darstellung, über die zu jener Zeit sich mehrere Pariser Gesellschaftskreise wie über eine Narrheit unterhielten.

Zu Beginn des Monats Januar 1820 bestieg der Oberst einen Wagen, ähnlich dem, der Herr und Frau von Vandières von Moskau nach Studzianka geführt hatte, und wandte sich nach dem Walde von Ile-Adam. Der Wagen wurde von Pferden gezogen, die fast denen glichen, die er bei Gefahr seines Lebens aus den Reihen der Russen geholt hatte. Er trug die beschmutzten und bizarren Kleider, die Waffen, die Kopfbedeckung, die er am 29. November 1812 anhatte. Er hatte sogar Bart und Haare lang wachsen lassen und sein Gesicht vernachlässigt, damit nichts an dieser scheußlichen Wirklichkeit fehlte.

»Ich habe Ihr Kommen geahnt«, rief Herr Fanjat, als er den Oberst aus dem Wagen steigen sah. »Wenn Sie wünschen, dass Ihr Projekt glückt, dann zeigen Sie sich nicht in diesem Aufzug. Heute Abend werde ich meine Nichte etwas Opium nehmen lassen. Während sie schläft, werden wir sie wie bei Studzianka anziehen und werden sie in diesen Wagen setzen. Ich folge Ihnen in einem Reisewagen.«

Etwa um zwei Uhr morgens wurde die junge Gräfin in den Wagen getragen, auf Kissen gebettet und in eine grobe Decke eingehüllt. Einige Bauern hielten Licht bei dieser einzigartigen Entführung. Plötzlich erscholl ein durchdringender Schrei in der Stille der Nacht. Philipp und der Arzt wandten sich um und erblickten Genovefa, die halb nackt aus der Kammer kam, in der sie schlief.

»Adieu, adieu! Es ist zu Ende, adieu!«, rief sie, heiße Tränen weinend.

»Nun, was hast du denn, Genovefa?«, sagte Herr Fanjat zu ihr.

Genovefa schüttelte den Kopf mit einer Bewegung der Verzweiflung, hob die Arme gen Himmel, blickte den Wagen an, stieß einen langen Klageton aus, gab sichtliche Zeichen eines tiefen Schreckens und kehrte schweigend ins Haus zurück.

»Das ist ein gutes Vorzeichen«, rief der Oberst. »Dieses Mädchen bedauert, keine Gefährtin mehr zu haben. Sie sieht vielleicht, dass Stephanie den Verstand wiederfinden wird.

»Gott wolle es!«, sagte Herr Fanjat, der von diesem Zwischenfall tief bewegt zu sein schien. Seitdem er sich mit dem Irrsinn beschäftigte, hatte er mehrfache Beispiele prophetischen Geistes und der Gabe des zweiten Gesichts angetroffen, von denen einige Proben von Geisteskranken gegeben worden sind, und die, nach den Erzählungen mehrerer Reisender, auch bei den wilden Völkern zu finden sind.

So wie es der Oberst berechnet hatte, durchquerte Stephanie die vermeintliche Niederung der Beresina etwa um 9 Uhr morgens; sie wurde durch einen Böllerschuss geweckt, der hundert Schritt von dem Ort entfernt abgefeuert wurde, wo die Szene stattfand. Das war das Signal. Tausend Bauern stießen ein schreckliches Geschrei aus, ähnlich dem Verzweiflungsruf, der die Russen erschreckte, als zwanzigtausend Nachzügler sich durch ihre Schuld dem Tode oder der Sklaverei ausgeliefert sahen. Bei diesem Schrei, bei diesem Kanonenschuss sprang die Gräfin aus dem Wagen, rannte mit rasender Angst auf den schneebedeckten Platz, sah die verbrannten Biwaks und das unglückselige Floß, das man in die vereiste Beresina hinabließ. Dort stand der Major Philipp und ließ seinen Säbel über der Menge wirbeln. Frau von Vandières ließ einen Schrei ertönen, der alle Herzen erstarren machte, und stellte sich vor den Oberst hin, der krampfhaft zusammenzuckte. Sie sammelte sich und blickte zunächst unbestimmt dieses fremde Bild an. Während eines Moments, so kurz wie der Blitz, gewannen ihre Augen die entblößte Klarheit der Intelligenz, die wir in dem erstaunten Auge der Vögel bewundern; dann legte sie die Hand an die Stirn mit dem lebhaften Ausdruck eines Menschen, der nachdenkt, sie erfasste diese starke Erinnerung, dieses verflossene Erlebnis, das ausgebreitet vor ihr lag, wandte lebhaft den Kopf zu Philipp hin und erkannte ihn. Ein schreckliches Schweigen lastete auf der Menge. Der Oberst seufzte und wagte nicht zu sprechen; der Doktor weinte. Stephanies schönes Gesicht färbte sich schwach; dann, in allmählicher Steigerung, gewann sie den Glanz eines vor Frische strahlenden jungen Mädchens. Ihr Gesicht bekam eine schöne Purpurfarbe. Leben und Glück, angefacht durch eine blitzende Einsicht, nahmen immer mehr zu gleich einer Feuersbrunst. Ein konvulsives Zittern breitete sich von den Füßen bis zum Herzen aus. Dann vereinigten sich diese Erscheinungen, die einen Moment aufleuchteten, gleichsam zu einem gemeinsamen Band, als die Augen Stephanies einen himmlischen Funken, eine bewegte Flamme ausstrahlten. Sie lebte, sie dachte! Sie schauderte, vor Schrecken vielleicht! Gott selbst löste zum zweiten Mal die erstorbene Zunge und warf von Neuem sein Feuer in diese erloschene Seele. Der menschliche Wille erwuchs mit seinen elektrischen Strömen und belebte diesen Körper, von dem er so lange abwesend gewesen war.

»Stephanie!«, schrie der Oberst.

»Oh, das ist Philipp«, sagte die arme Gräfin.

Sie stürzte sich in die zitternden Arme, die der Oberst ihr entgegenstreckte, und die Umarmung der beiden Liebenden erschütterte die Zuschauer. Stephanie floss in Tränen. Plötzlich legte sich ihr Weinen, sie wurde leblos, als wenn der Blitz sie gerührt hätte, und hauchte mit schwacher Stimme: »Adieu, Philipp! Ich liebe dich, adieu!«

»Oh, sie ist tot!«, rief der Oberst, indem er die Arme öffnete.

Der alte Arzt fing den leblosen Körper seiner Nichte auf, umarmte sie, wie es ein junger Mann getan hätte, trug sie fort und setzte sich mit ihr auf einen Holzhaufen. Er blickte die Gräfin an und legte ihr seine kraftlose und krampfhaft zuckende Hand aufs Herz. Das Herz schlug nicht mehr.

»So ist es also wahr?«, sagte er, indem er abwechselnd den unbeweglichen Oberst und das Gesicht Stephanies betrachtete, über das der Tod eine strahlende Schönheit, eine flüchtige Glorie ausbreitete, das Pfand vielleicht einer glänzenden Zukunft.

»Ja, sie ist tot.

»Ach, dieses Lächeln!«, rief Philipp, »sehen Sie nur dieses Lächeln! Ist es möglich?«

»Sie ist schon kalt«, erwiderte Herr Fanjat.

Herr von Sucy machte einige Schritte, um sich von diesem Schauspiel loszureißen; aber er hielt an, pfiff das Lied, das die Irre kannte, und als er seine Geliebte nicht kommen sah, entfernte er sich mit schwankendem Schritt, wie ein Trunkener, immer pfeifend, aber ohne sich noch einmal umzusehen.

Der General Philipp von Sucy galt in der Gesellschaft als ein sehr liebenswürdiger und namentlich als ein sehr heiterer Mann. Vor einigen Tagen beglückwünschte ihn eine Dame wegen seiner guten Laune und der Beständigkeit seines Charakters.

»Ach, meine Gnädige«, sagte er, »ich bezahle meine Späße recht teuer, des Abends, wenn ich alleine bin!«

»Sind Sie denn jemals allein?«

»Nein«, antwortete er lächelnd.

Wenn ein kluger Beobachter der menschlichen Natur in diesem Augenblick den Ausdruck des Grafen von Sucy hätte beobachten können, würde er vielleicht geschaudert haben.

»Warum heiraten Sie nicht?«, fuhr jene Dame fort, die selbst mehrere Töchter in einem Pensionat hatte. »Sie sind reich, Standesperson, von altem Adel; Sie haben Talente, Sie haben noch eine Zukunft, alles lächelt Ihnen zu.«

»Jawohl«, erwiderte er, »aber es ist ein Lächeln, das mich tötet.«

Am nächsten Tage erfuhr die Dame voll Erstaunen, dass Herr von Sucy sich während der Nacht eine Kugel vor den Kopf geschossen hatte. Die gute Gesellschaft unterhielt sich verschiedentlich über dieses außergewöhnliche Ereignis, und jeder suchte nach dem Grunde. Je nach dem Geschmack des Beurteilers wurden das Spiel, die Liebe, der Ehrgeiz, verborgene Ausschweifungen als Erklärung gegeben für diese Katastrophe, die letzte Szene eines Dramas, das im Jahre 1812 begonnen hatte. Zwei Menschen allein, ein Beamter und ein alter Arzt, wussten, dass der Graf von Sucy einer jener starken Menschen war, denen Gott die unglückselige Kraft verleiht, alle Tage siegreich aus einem furchtbaren Kampf hervorzugehen, den sie einem unbekannten Schrecken liefern. Und dass sie, wenn in einem Augenblick Gott ihnen seine mächtige Hand entzieht, unterliegen.

Die Geheimnisse der Fürstin von Cadignan

Nach den Katastrophen der Julirevolution, die das vom Hofe gestützte Vermögen vieler aristokratischer Häuser vernichtete, war auch die Fürstin von Cadignan gewandt genug, ihren vollständigen Ruin, der die Folge ihrer Verschwendung war, auf Rechnung der politischen Ereignisse zu schreiben. Der Fürst hatte Frankreich mit der königlichen Familie verlassen, aber die Fürstin blieb in Paris zurück; sie war nämlich eben infolge seiner Abwesenheit unangreifbar, denn die Schulden, für deren Tilgung der Erlös des verkaufbaren Besitzes nicht ausreichen konnte, lasteten nur auf ihm. Die Einkünfte des Majorats waren gepfändet worden. Kurz, die Angelegenheiten dieser großen Familie waren in ebenso schlimmem Zustand wie die des älteren Zweiges der Bourbonen. Die unter ihrem ersten Namen einer Herzogin von Maufrigneuse so berühmt gewordene Frau entschloss sich jetzt verständigerweise in tiefster Zurückgezogenheit zu leben; sie wollte vergessen werden. Paris wurde durch einen so schwindelerregenden Strom von Ereignissen mit fortgerissen, dass die Herzogin von Maufrigneuse, die in der Fürstin von Cadignan vergraben lag, bald in Paris gleichsam eine Fremde war, denn ihre Namensänderung blieb den meisten der neuen Schauspieler, die die Julirevolution auf die Bühne rief, unbekannt.

In Frankreich hat der Herzogstitel den Vorrang vor allen anderen, selbst vor dem Fürstentitel; und das, obwohl in der Theorie der Heraldik – ohne jede Sophistik – die Titel vollkommen bedeutungslos sind und zwischen allen Edelleuten unbedingte Gleichheit herrscht. Diese wunderbare Gleichheit wurde ehemals vom Hause Frankreich sorgfältig aufrechterhalten; und noch heute geschieht es, wenigstens zum Schein, dadurch, dass die Könige ihren Kindern einfache Grafentitel verleihen. Kraft dieses Systems parierte Franz I. den Prunk der Titel, die sich der prachtliebende Karl V. beilegte, indem er eine Antwort mit dem Namen »Franz, Freiherr von Vanves« unterschrieb. Ludwig XI. hatte noch mehr getan, indem er seine Tochter einem einfachen titellosen Edelmann namens Peter von Beaujeu vermählte. Von Ludwig XIV. aber wurde das Feudalsystem so gründlich gebrochen, dass der Herzogstitel in der Monarchie zur höchsten und beneidenswertesten Ehre der Aristokratie wurde. Trotzdem gibt es in Frankreich zwei oder drei Häuser, in denen der Fürstentitel, der ehemals mit reichem Besitz verbunden war, über dem Herzogstitel steht. Das Haus Cadignan, das für seine ältesten Söhne den Titel eines Herzogs von Maufrigneuse zur Verfügung hat, gehört zu diesen Ausnahmen. Wie ehedem auch zwei Fürsten aus dem Hause Rohan hatten die Fürsten von Cadignan das Recht auf einen Thron innerhalb ihrer Besitzungen; sie durften sich Pagen und einen Hofstaat von Edelleuten halten. Diese Auseinandersetzung war nötig, um einerseits die dummen Ausstellungen derer abzuwehren, die nichts davon wissen, und um andrerseits die großen Grundzüge einer Welt noch einmal festzulegen, die, so sagt man, untergeht und mit der so viele zu tun haben, ohne sie zu verstehen. Die Cadignans haben als Wappen im goldenen Felde fünf eng aneinandergeschobene und zum Balkenstreif geordnete schwarze Rauten; als Devise führen sie das Wort »Memini«; die Krone ist geschlossen und zeigt weder Schildhalter noch Helmdecke. Heute beginnt die große Menge von Fremden, die nach Paris strömen, und die fast allgemeine Unkenntnis in heraldischen Dingen, den Fürstentitel beliebt zu machen. Echte Fürsten sind nur jene, die begütert sind und denen die Anrede »Hoheit« gebührt. Die Verachtung des französischen Adels für den Fürstentitel und die Gründe, die Ludwig XIV. dafür hatte, dem Herzogstitel den Vorrang zu geben, haben verhindert, dass Frankreich für die wenigen Fürsten, die es in Frankreich gibt, mit Ausnahme derer Napoleons, die Hoheitswürde beansprucht. Daher sehen die Fürsten von Cadignan sich ihrer Anrede nach im Vergleich zu den andern Fürsten des Kontinents in untergeordneter Stellung.

Die Mitglieder jener Gesellschaft, die sich die Gesellschaft des Faubourg Saint-Germain nennt, begönnerten die Fürstin aus einem ehrfurchtsvollen Feingefühl heraus, das sie ihrem Namen – er gehört zu denen, die man ewig ehren wird – ihrem Unglück, das man nicht mehr erörterte, und ihrer Schönheit, dem einzigen Rest ihres erloschenen Reichtums, verdankte. Die Welt, deren Zierde sie gewesen war, wusste ihr Dank dafür, dass sie gewissermaßen den Schleier genommen hatte, indem sie sich in ihrem Hause einschloss. Dieser Beweis guten Geschmacks war für sie ein noch ungeheureres Opfer, als er es für jede andere Frau gewesen wäre. Große Dinge werden in Frankreich stets so lebhaft empfunden, dass die Fürstin sich durch ihre Abschließung alles zurückgewann, was sie in der öffentlichen Meinung zur Zeit ihres höchsten Glanzes verloren hatte. Sie verkehrte nur noch mit einer einzigen ihrer ehemaligen Freundinnen, mit der Marquise d'Espard; und sie besuchte auch bei ihr niemals die großen Gesellschaften oder die Feste. Die Fürstin und die Marquise sahen sich in den frühen Morgenstunden und gleichsam heimlich. Wenn die Fürstin bei ihrer Freundin speiste, schloss die Marquise ihre Tür. Frau d'Espard benahm sich rührend gegen die Fürstin. Sie wechselte in der Italienischen Oper die Loge und nahm statt jener im ersten Rang eine Parterreloge, sodass Frau von Cadignan ungesehen ins Theater kommen und es unerkannt verlassen konnte. Wenige Frauen wären eines Feingefühls fähig gewesen, das sie des Vergnügens beraubte, eine gestürzte einstige Rivalin in ihrem Gefolge hinter sich herzuführen und sich ihre Wohltäterin zu nennen. So brauchte die Fürstin keine Toilette zu machen, die sie zugrunde gerichtet hätte, und fuhr heimlich im Wagen der Marquise mit, obwohl sie ihn öffentlich niemals angenommen hätte. Die Gründe, die Frau d'Espard für dieses ihr Verhalten der Fürstin von Cadignan gegenüber hatte, sind niemals bekannt geworden; aber auf jeden Fall war es heroisch und bedingte lange Zeit hindurch eine Fülle von kleinen Opfern, die einzeln gesehen als Kindereien erscheinen, in ihrer Gesamtheit aber etwas Gigantisches haben. 1832 hatten drei Jahre ihre Schneemassen über die Abenteuer der Herzogin von Maufrigneuse gedeckt und sie so weiß gewaschen, dass es großer Anstrengungen des Gedächtnisses bedurfte, wenn man sich der schweren Verschuldungen ihrer Vergangenheit erinnern wollte. Von jener Königin, die so viele Höflinge angebetet hatten und deren leichtsinnige Streiche die Kosten mehrerer Romane bestreiten konnten, war nichts übrig geblieben als eine noch entzückend schöne Frau; sie war sechsunddreißig Jahre alt und brauchte doch erst dreißig zuzugeben, obwohl sie die Mutter des Herzogs Georg von Maufrigneuse, eines jungen Mannes von neunzehn Jahren, war. Dieser Sohn war schön wie Antinous und arm wie Hiob; seine Zukunft musste ihm deshalb die größten Erfolge bescheren, und seine Mutter wollte ihn vor allem reich verheiraten. Vielleicht war diese Absicht das Geheimnis ihrer Vertraulichkeit mit der Marquise, deren Salon als der erste von Paris galt und bei der sie sich eines Tages unter den Erbinnen eine Frau für Georg aussuchen konnte. Noch sah die Fürstin fünf Jahre vor sich, ehe ihr Sohn heiraten konnte; öde und einsame Jahre, denn wenn eine gute Heirat zustande kommen sollte, musste ihr Verhalten den Stempel der Klugheit tragen.

Die Fürstin bewohnte in einem Hause der Rue de Miromesnil ein billiges Erdgeschoss. Dort hatte sie die Überreste ihres einstigen Prunkes zur Geltung gebracht. Immer noch lag über ihren Räumen der Hauch jener Eleganz der großen Dame. Sie war von all den schönen Dingen umgeben, die auf ein Dasein der Höhe deuten. Über ihrem Kamin hing ein wundervolles Miniaturgemälde von Frau von Mirbel, ein Bildnis Karls X., das in seinem Rahmen die Worte: »Geschenk des Königs« eingegraben trug. Das Seitenstück dazu bildete ein Bildnis der Königin, die sich ihr gegenüber so besonders liebenswürdig gezeigt hatte. Auf einem Tisch prunkte ein Album von allerhöchstem Wert, wie es keine der Bürgersfrauen, die augenblicklich in unserer industriellen und lärmenden Gesellschaft thronen, auszulegen wagen würde. Eine solche Verwegenheit kennzeichnete die ganze Frau wunderbar. Das Album enthielt Bildnisse, unter denen sich etwa dreißig vertraute Freunde befanden, die die Welt ihre Liebhaber genannt hatte. Diese Zahl war eine Verleumdung; höchstens bei zehn von ihnen handelte es sich, wie die Marquise d'Espard sagte, um eine vielleicht begründete Nachrede. Die Bildnisse Maximes de Trailles, de Marsays, Rastignacs, des Marquis d'Esgrignon, des Generals de Montriveau, des Marquis von Ronquerolles und d'Ajuda-Pinto, des Fürsten Galathionne, der jungen Herzoge von Grandlieu und Rhétoré, des schönen Lucien von Rubempré und des jungen Vicomte von Sérizy waren übrigens von den berühmtesten Künstlern in größter Zierlichkeit ausgeführt worden. Da die Fürstin nur noch zwei oder drei Angehörige dieser Sammlung empfing, so nannte sie dieses Album scherzhaft »das Buch ihrer Irrtümer«. Das Unglück hatte diese Frau zu einer guten Mutter gemacht. Während der fünfzehn Jahre der Restauration hatte sie sich zu gut amüsiert, um an ihren Sohn zu denken; aber als die erlauchte Egoistin sich in die Verborgenheit zurückzog, sagte sie sich: Wenn sie die Mutterliebe bis zum Äußersten trieb, so würde diese Mutterliebe ihre ganze Vergangenheit der Sünden lossprechen – eine Absolution, die jeder Mensch von Empfindung bestätigen musste, da man einer ausgezeichneten Mutter alles vergibt. Sie liebte ihren Sohn um so inniger, als sie sonst nichts zu lieben hatte. Georg von Maufrigneuse gehört im Übrigen zu jenen Kindern, die allen Eitelkeiten einer Mutter schmeicheln können, und so war es kein Wunder, wenn sie ihm jedes Opfer brachte. Sie mietete ihm einen Stall und eine Remise; und er wohnte in dem darübergelegenen Zwischenstock, der aus drei entzückend eingerichteten Zimmern bestand; sie legte sich selber vielerlei Entbehrungen auf, um ihm ein Reitpferd, ein Wagenpferd und einen jungen Diener halten zu können. Sie behielt nur ihre Zofe und als Köchin eins ihrer einstigen Küchenmädchen. Der Diener des Herzogs hatte jetzt einen etwas schweren Dienst. Toby, der ehemalige Reitknecht des verstorbenen Beaudenords, denn das war der Spaß, den der bankerotte Elegant der vornehmen Welt bereitete – jener junge Reitknecht, der mit fünfundzwanzig Jahren noch immer auf vierzehn geschätzt wurde – musste die Pferde striegeln, Coupé und Tilbury waschen, seinen Herrn begleiten, die Wohnung in Ordnung halten und bei der Fürstin im Vorzimmer stehen und die Besuche melden, wenn die Mutter seines Herrn einmal irgendeine hervorragende Persönlichkeit empfing. Wenn man bedenkt, welche Rolle unter der Restauration die Herzogin von Maufrigneuse, eine der Königinnen von Paris, deren glänzendes und luxuriöses Dasein vielleicht das der reichsten Modedamen von London in den Schatten stellte – wenn man bedenkt, welche Rolle sie damals gespielt hatte, so hat es etwas Rührendes, sie in ihrem bescheidenen Schneckenhaus der Rue Miromesnil zu sehen, wenige Schritte von ihrem ungeheuren Palast entfernt, der keinen Käufer fand, der reich genug gewesen wäre, um ihn zu bewohnen, und daher unter dem Hammer der Spekulation zertrümmert wurde. Jene Frau, für deren Bedienung kaum dreißig Dienstboten ausgereicht hatten, die die schönsten Empfangsräume von Paris besaß und die reizendsten kleinen Gemächer, und die so herrliche Feste gab, lebte jetzt in einer Wohnung von fünf Zimmern: einem Vorzimmer, einem Esszimmer, einem Salon, einem Schlafzimmer und einem Ankleidezimmer, mit zwei Frauen zu ihrer Bedienung.

»Oh, sie ist reizend gegen ihren Sohn«, sagte die schlaue Marquise d'Espard, »und zwar ohne jede Affektation; sie ist glücklich. Man hätte nicht glauben sollen, dass eine so leichtsinnige Frau imstande wäre, so beharrlich an einem Entschluss festzuhalten, deshalb ermutigt unser guter Erzbischof sie auch; er ist gut gegen sie, und er hat die alte Gräfin von Cinq-Cygne überredet, ihr einen Besuch zu machen.«

Gestehen wir übrigens: Man muss Königin sein, um in edler Weise abdanken und von einer hohen Stellung hinabsteigen zu können, die dennoch niemals ganz verloren ist. Nur jene, die das Bewusstsein haben, an sich nichts zu sein, bedauern ihren Sturz oder murren und reden von einer Vergangenheit, die niemals wiederkommt, weil sie sich sagen müssen, dass man nicht zweimal im Leben Erfolg hat. Da die Fürstin gezwungen war, den seltenen Blumen zu entsagen, in deren Mitte sie zu leben pflegte und die ihre eigene Erscheinung so reizend hervorhoben – denn es war unmöglich, sie nicht mit einer Blume zu vergleichen – so hatte sie ihr Erdgeschoss vorsichtig ausgesucht, sie erfreute sich hier eines hübschen kleinen Gartens voller Büsche und mit einem Rasen, dessen Grün ihre friedliche Klause freundlich belebte. Sie mochte etwa zwölftausend Franken jährlicher Rente haben, und selbst dieses mäßige Einkommen bestand nur aus einer jährlichen Unterstützung, die die alte Herzogin von Navarreins, eine Vaterschwester des jungen Herzogs, zahlte und die bis zum Hochzeitstage des jungen Mannes laufen sollte, sowie aus einer zweiten Unterstützung, die die Herzogin von Uxelles ihr von ihrem Landgut aus schickte, wo sie sparte, wie nur alte Herzoginnen zu sparen verstehen, denn neben ihnen ist Harpagon ein Abc-Schütze. Der Fürst lebte im Auslande und hielt sich beständig seiner verbannten Herrschaft zur Verfügung; er teilte ihr Unglück und diente ihr als der vielleicht intelligenteste von allen, die sie umgaben, mit einer uneigennützigen Ergebenheit. Die Stellung des Fürsten von Cadignan schützte auch seine Frau in Paris. Bei der Fürstin hatte der Marschall, dem wir die Eroberung Afrikas verdanken, zur Zeit des Anschlags der Madame[1] in der Vendée seine Besprechungen mit den Hauptführern der legitimistischen Anschauung; so verborgen lebte die Fürstin, und so wenig weckte ihre Not das Misstrauen der gegenwärtigen Regierung! Als sie den furchtbaren Bankrott der Liebe nahen sah, der beim Beginn der Vierziger einer Frau nur noch wenig übrig lässt, hatte sie sich der Königin Philosophie in die Arme geworfen. Sie, die sechzehn Jahre lang das größte Grauen vor allen ernsten Dingen zur Schau getragen hatte, – begann zu lesen. Heute sind Literatur und Politik für die Frauen das, was ihnen ehemals die Frömmigkeit war: ein letztes Asyl für all ihre Ansprüche. In den eleganten Kreisen sagte man, Diana wolle ein Buch schreiben. Seit die Fürstin aus einer hübschen und schönen Frau, bevor sie ganz vergessen wurde, eine geistreiche Frau geworden war, hatte sie den Empfang in ihrem Hause zu einer Ehre gemacht, die für den Begünstigten eine hohe Auszeichnung war. Durch solche Beschäftigungen gedeckt, konnte sie einen ihrer ersten Liebhaber täuschen, nämlich de Marsay, den einflussreichsten Mann der bürgerlichen Politik, die im Juli 1830 zur Herrschaft kam; ihn empfing sie bisweilen abends, während sich der Marschall und mehrere Legitimisten in ihrem Schlafzimmer leise von der Eroberung des Königreichs unterhielten, die ohne Mitwirkung des geistigen Frankreich nicht möglich war – und das war das einzige Element des Erfolges, das die Verschwörer vergessen hatten. Es war die allerliebste Rache einer hübschen Frau, dieses Spiel, das sie da mit dem Premierminister spielte: ihn zur spanischen Wand einer gegen seine eigene Regierung gerichteten Verschwörung zu machen. Dieses

---

[1] Titel der Gemahlin ›Monsieurs‹, des Bruders des Königs.

den schönen Tagen der Fronde würdige Abenteuer bildete den Text des geistreichsten Briefes von der Welt, eines Briefes, in dem die Fürstin Madame über die Unterhandlungen Bericht erstattete. Der Herzog von Maufrigneuse eilte in die Vendée und konnte heimlich zurückkehren, ohne sich bloßgestellt, wenn auch nicht, ohne an den Gefahren von Madame teilgenommen zu haben; unglücklicherweise schickte sie ihn zurück, als alles verloren zu sein schien. Vielleicht hätte die leidenschaftliche Wachsamkeit des jungen Mannes den Verrat vereitelt. Wie groß in den Augen der bürgerlichen Welt das Unrecht der Herzogin von Maufrigneuse auch gewesen war, so hat das Verhalten ihres Sohnes es jedenfalls in den Augen der aristokratischen Welt getilgt. Es lag Adel und Größe darin, den einzigen Sohn und Erben eines historischen Hauses so aufs Spiel zu setzen. Es gibt Menschen, die gewissermaßen gewandt genug sind, Fehltritte des Privatlebens durch Dienste im politischen Leben wieder gutzumachen, und umgekehrt; aber bei der Fürstin von Cadignan lag keinerlei Berechnung vor. Vielleicht freilich darf man bei niemandem, der sein Verhalten so einrichtet, noch von Berechnung sprechen. Derlei Widersprüche ergeben sich zur Hälfte aus dem notwendigen Verlauf der Dinge.

An einem der ersten schönen Tage des Monats Mai 1833 gingen – man kann nicht sagen: promenierten – die Marquise d'Espard und die Fürstin gegen sieben Uhr nachmittags im letzten Schein der untergehenden Sonne auf dem einzigen Gang des Gartens, der um den Rasen herumführte. Die Sonnenstrahlen, die von den Mauern zurückgeworfen wurden, erwärmten die Lust in dem kleinen von Blumen – einem Geschenk der Marquise – durchdufteten Raum.

»Wir werden de Marsay bald verlieren«, sagte Frau d'Espard zu der Fürstin, »und mit ihm geht unsere letzte Hoffnung, dass der Herzog von Maufrigneuse sein Glück machen werde, dahin; denn seit Sie diesen großen Politiker so hübsch an der Nase herumgeführt haben, ist seine Neigung zu Ihnen wieder erwacht.«

»Mein Sohn wird sich niemals mit der jüngeren Linie einlassen«, sagte die Fürstin, »und müsste er Hungers sterben oder müsste ich für ihn arbeiten. Aber wir haben Berta von Cinq-Cygne; sie hasst ihn nicht.«

»Kinder«, sagte Frau d'Espard, »haben nicht die gleichen Verpflichtungen wie ihre Väter ...«

»Darüber lassen sie uns lieber nicht reden«, unterbrach die Fürstin sie. »Wenn ich die Marquise von Cinq-Cygne nicht fangen kann, so wird sich mein Sohn mit der Tochter irgendeines Hüttenbesitzers verheiraten müssen, wie der kleine d'Esgrignon es gemacht hat.«

»Haben Sie den geliebt?« fragte die Marquise.

»Nein«, erwiderte die Fürstin ernst; »d'Esgrignons Naivität war eine Art kleinstädtischer Dummheit, die ich ein wenig zu spät – oder wenn Sie wollen, zu früh – bemerkt habe.«

»Und de Marsay?«

»De Marsay hat mit mir gespielt wie mit einer Puppe. Ich war ja noch so jung: Die Männer, die sich zu unsern Schulmeistern machen, lieben wir niemals; sie verletzen unsere kleinen Eitelkeiten zu sehr.«

»Und der arme Kleine, der sich erhängt hat?«

»Lucien? Der war ein Antinous und ein großer Dichter; ich habe ihn zwar gewissenhaft angebetet, und ich hätte glücklich werden können. Aber er liebte eine Dirne, und ich habe ihn Frau von Sérizy abgetreten ... Wenn er mich hätte lieben wollen, hätte ich ihn da hergegeben?«

»Was für eine Grille, dass Sie an einer Esther Anstoß nehmen!«

»Sie war schöner als ich«, sagte die Fürstin. »Jetzt lebe ich bald drei Jahre in vollkommener Einsamkeit«, fuhr sie nach einer Pause fort; »nun, diese Ruhe hat nichts Schmerzliches für mich gehabt. Ihnen allein will ich es sagen, dass ich mich hier glücklich gefühlt habe. Ich war abgestumpft gegen die Anbetung; ich ermüdete, ohne zu genießen; ich fühlte einen oberflächlichen Kitzel, ohne dass die Empfindung mir das Herz durchdrang ... Ich habe alle Männer, die ich kennenlernte, als klein, verkrüppelt und oberflächlich erkennen müssen; keiner von ihnen hat mir die geringste Überraschung bereitet; sie hatten keine Unschuld, keine Größe und kein Feingefühl. Ich wäre gern einmal einem begegnet, der mir imponiert hätte.«

»Ist es Ihnen denn gegangen wie mir, meine Liebe?«, fragte die Marquise. »Sind Sie, als Sie zu lieben suchten, niemals der Liebe begegnet?«

»Niemals«, erwiderte die Fürstin, indem sie die Marquise unterbrach und ihr die Hand auf den Arm legte.

Sie setzten sich auf eine Gartenbank, die unter einem blühenden Jasminbusch stand. Beide hatten eines jener Worte ausgesprochen, die im Munde von Frauen ihres Alters so feierlich klingen.

»Gleich Ihnen«, fuhr die Fürstin fort, »bin ich vielleicht mehr geliebt worden als die meisten andern Frauen; aber ich fühle, dass ich trotz all meiner Abenteuer das Glück nicht kennengelernt habe. Ich habe viele

Torheiten begangen, aber sie hatten ein Ziel, und das Ziel wich um so weiter zurück, je weiter ich ging! Ich fühle in meinem gealterten Herzen eine Unschuld, die nicht verletzt worden ist. Ja, unter all diesen Erfahrungen ruht eine erste Liebe, die man noch missbrauchen könnte; genau wie ich mich trotz all meiner Ermattung und meines Welkens jung und schön fühle. Wir können lieben, ohne glücklich zu sein; wir können glücklich sein, ohne zu lieben; aber lieben und glücklich sein – diese beiden so großen menschlichen Genüsse verbinden, dazu braucht's ein Wunder. Dieses Wunder ist für mich nicht geschehen.«

»Und ebenso wenig für mich«, sagte Frau d'Espard. »Mich verfolgt in meiner Zurückgezogenheit ein grauenhafter Kummer: Ich habe mich amüsiert, aber ich habe nicht geliebt.«

»Wie unglaublich! Was für ein Geheimnis!«, rief die Marquise aus.

»Ach, meine Liebe«, erwiderte die Fürstin, »dergleichen Geheimnisse können wir nur uns selber anvertrauen; in ganz Paris würde uns niemand glauben.«

»Und«, fuhr die Marquise fort, »wenn wir nicht beide über unser sechsunddreißigstes Jahr hinaus wären, so würden wir dieses Geständnis vielleicht nicht einmal uns selber machen ...«

»Ja, wenn wir jung sind, haben wir eine geradezu borniertere Eitelkeit!«, sagte die Fürstin. »Wir gleichen da bisweilen jenen armen jungen Leuten, die mit einem Zahnstocher spielen, um den Glauben zu erwecken, als hätten sie gut gespeist.«

»Nun«, erwiderte Frau d'Espard mit koketter Anmut, indem sie eine reizende Geste aufgeklärter Unschuld machte, »wir sind ja immer noch da, und mir scheint, wir sind noch lebendig genug, um unsere Revanche zu nehmen.«

»Als Sie mir neulich sagten, Beatrix sei mit Conti davongegangen, habe ich die ganze Nacht daran denken müssen«, fuhr die Fürstin nach einer Weile fort. »Man muss doch recht glücklich sein, um so seine Stellung und seine Zukunft zu opfern und auf ewig der Welt zu entsagen!«

»Sie ist eine kleine Närrin«, sagte Frau d'Espard ernst. »Fräulein des Touches war entzückt, dass sie Conti los wurde. Beatrix hat nicht gesehen, wie deutlich dieser Verzicht einer überlegenen Frau, die ihr angebliches Glück nicht einen Augenblick verteidigte, für Contis Nichtigkeit sprach.«

»So wird sie unglücklich werden?«

»Sie ist es schon«, erwiderte Frau d'Espard. »Wozu seinen Gatten verlassen? Ist das nicht bei einer Frau das Geständnis ihrer Ohnmacht?«

»Also glauben Sie nicht, dass Frau von Rochefide sich hat durch den Wunsch bestimmen lassen, in Ruhe eine echte Liebe auszukosten, jene Liebe, deren Genüsse für uns beide noch ein Traum sind?«

»Nein, sie hat nur Frau von Beauséant und Frau von Langeais nachgeäfft, die, unter uns, in einem weniger vulgären Jahrhundert Gestalten von der Größe der La Vallière, der Montespan, der Diana von Poitiers, der Herzoginnen von Etampes und Châteauroux geworden wären.«

»Oh, aber minus den König, meine Liebe. Ach, ich wollte, ich könnte diese Frauen beschwören und sie fragen ...«

»Nun«, unterbrach die Marquise die Fürstin, »es ist nicht erst nötig, die Toten zum Reden zu bringen, wir kennen ja lebende Frauen, die glücklich sind. Ich habe mit der Gräfin von Montcornet wohl zwanzigmal ein vertrauliches Gespräch über derlei Dinge begonnen, und seit fünfzehn Jahren lebt sie mit dem kleinen Emile Blondet als die glücklichste Frau der Gesellschaft; keine Untreue, kein verirrter Gedanke! Sie leben noch heute wie am ersten Tage. Wir wurden aber stets im interessantesten Augenblick gestört und unterbrochen. Jene langen Bündnisse – das Rastignacs mit Frau von Nucingen zum Beispiel oder das der Frau von Camps, ihrer Cousine, mit ihrem Octavius – haben ein Geheimnis, und dieses Geheimnis kennen wir nicht, meine Liebe. Die Welt erweist uns die hohe Ehre, uns für Lebedamen zu halten, die des Regentschaftshofes würdig wären, und dabei sind wir unschuldig wie zwei kleine Pensionärinnen.«

»Bei einer solchen Unschuld könnte ich noch glücklich sein«, sagte die Fürstin spöttisch; »unsere Unschuld ist schlimmer; wir haben Grund, uns gedemütigt zu fühlen. Was wollen Sie! Wir müssen Gott diese Kasteiung als Sühne für unser fruchtloses Suchen darbringen; denn es ist nicht wahrscheinlich, meine Liebe, dass wir in der Nachernte die schöne Blüte finden, die uns im Frühling und im Sommer nicht zuteilward.«

»Nicht da liegt der springende Punkt«, erwiderte die Marquise nach einer Pause voll nachdenklicher Rückblicke. »Wir sind noch schön genug, um eine Leidenschaft einzuflößen; aber niemals werden wir irgendjemand von unserer Unschuld und unserer Tugend überzeugen.«

»Wenn sie eine Lüge wäre, so wäre sie bald mit Erklärungen geziert und mit hübschen Umschweifen versehen, die sie glaubhaft machen würden, sodass man sie wie eine köstliche Frucht verschlingen könnte.

Aber einer Wahrheit Glauben verschaffen! Ach, daran sind die größten Männer zugrunde gegangen!«, fügte die Fürstin mit einem feinen Lächeln hinzu, wie nur der Pinsel Leonardo da Vincis es wiederzugeben vermocht hat.

»Und doch lieben bisweilen auch Tröpfe«, sagte die Marquise.

»Aber hierfür«, bemerkte die Fürstin, »sind selbst die Tröpfe nicht leichtgläubig genug.«

»Sie haben recht«, sagte die Marquise lachend. »Aber wir sollten weder nach einem Dummkopf noch nach einem Mann von Talent suchen. Um ein solches Problem zu lösen, brauchen wir einen Mann von Genie. Das Genie allein hat den Glauben der Kindheit und die Religion der Liebe, und es lässt sich gern die Augen verbinden. Sehen Sie sich Canalis und die Herzogin von Chaulieu an. Wenn wir, Sie und ich, Männern von Genie begegnet sind, so standen sie uns vielleicht zu fern oder waren zu beschäftigt, und wir waren zu frivol, zu fortgerissen, zu eng gefangen.«

»Ach, und doch möchte ich diese Welt nicht gern verlassen, ohne die Freuden der echten Liebe kennengelernt zuhaben!« rief die Fürstin aus.

»Sie einzuflößen ist nichts«, sagte Frau d'Espard; »es handelt sich darum, sie zu empfinden. Ich sehe viele Frauen, die nur der Vorwand für eine Leidenschaft sind, statt zugleich ihre Ursache und ihre Wirkung zu sein.«

»Die letzte Leidenschaft, die ich eingeflößt habe«, sagte die Fürstin, »war etwas Heiliges und Schönes, sie hatte Zukunft. Der Zufall hatte mir diesmal den Mann von Genie gegeben, den wir brauchen und der so schwer zu fangen ist, denn es gibt mehr schöne Frauen als geniale Männer. Aber der Teufel hatte die Hand bei diesem Abenteuer im Spiel.«

»Erzählen Sie, meine Liebe; das ist mir ja ganz neu.«

»Ich habe diese schöne Leidenschaft erst um die Mitte des Winters 1829 erkannt. Jeden Freitag sah ich in der Oper auf einem Orchesterfauteuil einen jungen Mann von etwa dreißig Jahren, der eigens meinetwegen dorthin kam und stets auf demselben Stuhl saß; er blickte mich mit Feueraugen an; aber oft war er traurig, weil ein so großer Abstand zwischen uns lag, oder vielleicht auch, weil ihm der Erfolg unmöglich schien.«

»Der arme Junge! Wenn man liebt, wird man so dumm«, sagte die Marquise.

»In jedem Zwischenakt schlüpfte er in den Gang hinaus«, fuhr die Fürstin fort, indem sie über das freundschaftliche Epigramm, mit dem die Marquise sie unterbrochen hatte, lächelte. »Und ein- oder zweimal drückte er, um mich zu sehen oder sich bemerklich zu machen, die Nase gegen die Scheibe einer Loge, die der meinen gegenüberlag. Wenn ich einen Besuch empfing, sah ich, wie er sich an meine Tür schmiegte, und dann konnte er mir einen verstohlenen Blick zuwerfen; er kannte schließlich alle Leute meines Gesellschaftskreises, und er folgte ihnen, wenn sie die Richtung zu meiner Loge einschlugen, um den Augenblick, in dem meine Tür sich auftat, zu benutzen. Der arme Junge hatte zweifellos bald erfahren, wer ich wäre, denn er kannte Herrn von Maufrigneuse und meinen Schwiegervater von Ansehen. Von da an fand ich meinen geheimnisvollen Unbekannten stets in der Italienischen Oper auf einem Sessel, von dem aus er mich in naiver Ekstase ins Gesicht hinein bewunderte; es war wunderhübsch. Wenn ich die Italienische oder die Komische Oper verließ, sah ich ihn mitten in der Menge wie angewurzelt auf seinen Beinen stehen; er wurde hin und her gestoßen, aber er ließ sich nicht irremachen. Wenn er mich am Arm irgendeines Günstlings sah, verloren seine Augen an Glanz. Im Übrigen kein Wort, kein Brief, keine Erklärung. Geben Sie zu, dass das guter Geschmack war. Bisweilen fand ich, wenn ich morgens nach Hause kam, diesen Liebhaber auf einem der Prellsteine meiner Einfahrt. Er hatte sehr schöne Augen, einen langen und dichten Fächerbart, Henri-quatre, Schnurrbart und Backenbart; man sah nur die weißen Backen und eine schöne Stirn; kurz, es war ein wahrhaft antiker Kopf. Der Fürst verteidigte in den Julitagen, wie Sie wissen, die Kaiseite der Tuilerien. Abends, als alles verloren war, kehrte er nach Saint-Cloud zurück. ›Meine Liebe‹, sagte er zu mir, ›um vier Uhr wäre ich fast gefallen. Einer der Aufständischen zielte nach mir, als ein langbärtiger junger Mann, den ich in der Italienischen Oper gesehen zu haben glaube und der den Angriff führte, den Gewehrlauf beiseite schlug.‹ Der Schuss hatte ich weiß nicht mehr wen getroffen, einen Quartiermacher des Regiments, der zwei Schritte neben meinem Gatten stand. Der junge Mann muss also Republikaner gewesen sein. Als ich 1831 hierher zog, sah ich ihn, wie er mit dem Rücken an die Mauer dieses Hauses gelehnt stand, er schien sich über meinen Zusammenbruch zu freuen und meinte vielleicht, wir kämen uns dadurch näher; aber seit dem Gefecht von Saint-Merri habe ich ihn nicht wieder gesehen; er ist dort gefallen. Am Tage vor dem Begräbnis des Generals Lamarque ging ich mit meinem Sohn zu Fuß aus, und mein Republikaner folgte uns; er ging von der Madeleine bis zur Panorama-Passage, in die ich wollte, bald vor, bald hinter uns her.«

»Das ist alles?«, fragte die Marquise.

»Alles!«, erwiderte die Fürstin. »Ach ja, am Morgen der Einnahme von Saint-Merri verlangte mich ein Straßenbube persönlich zu sprechen; er gab mir einen Brief, der auf schlechtem Papier geschrieben und mit dem Namen des Unbekannten unterzeichnet war.«

»Zeigen Sie ihn mir«, sagte die Marquise.

»Nein, meine Liebe. Die Liebe war diesem Mannesherzen zu groß und zu heilig, als dass ich sein Geheimnis verletzen könnte. Der kurze und furchtbare Brief rührt mich noch, wenn ich nur daran denke. Dieser Tote lehrt mich mehr Empfindung als alle Lebenden, die ich ausgezeichnet habe; er kehrt in meinen Gedanken immer wieder.«

»Sein Name?«, fragte die Marquise.

»Oh, ein ganz gewöhnlicher: Michel Chrestien.«

»Sie haben recht daran getan, ihn mir zu nennen«, rief Frau d'Espard lebhaft aus. »Ich habe oft von ihm gehört. Dieser Michel Chrestien war der Freund eines berühmten Mannes, den Sie schon einmal kennenlernen wollten, nämlich Daniel d'Arthez, der ein- oder zweimal im Winter zu mir kommt. Es fehlte diesem Chrestien, der wirklich bei Saint-Merri gefallen ist, nicht an Freunden. Man hat mir gesagt, er sei einer jener großen Politiker gewesen, denen es, wie de Marsay, nur an dem Auftrieb einer günstigen Strömung fehlt, damit sie auf einen Schlag werden, was sie werden müssten.«

»Dann ist es besser, dass er gestorben ist«, sagte die Fürstin mit einer melancholischen Miene, unter der sie ihre Gedanken verbarg.

»Wollen Sie eines Abends bei mir mit d'Arthez zusammentreffen?«, fragte die Marquise. »Dann können Sie von dem plaudern, der Ihre Gedanken heimsucht.«

»Gern, meine Liebe.«

Einige Tage nach dieser Unterhaltung versprachen Blondet und Rastignac, die d'Arthez kannten, Frau d'Espard, ihn dazu zu bringen, einmal bei ihr zu speisen. Dieses Versprechen wäre zweifellos unvorsichtig gewesen, wenn sie nicht den Namen der Fürstin genannt hätte, deren Bekanntschaft dem großen Schriftsteller nicht gleichgültig sein konnte.

Daniel d'Arthez, einer der seltenen Menschen unserer Zeit, die mit einem schönen Talent einen schönen Charakter verbinden, hatte sich bereits, wenn auch noch nicht die Popularität, die seine Werke ihm erwerben sollten, so doch schon jene ehrfurchtsvolle Achtung errungen, zu der auserwählte Wesen nichts hinzuzugewinnen haben. Sein Ruhm konnte sicherlich noch wachsen, aber er hatte damals in den Augen der Kenner bereits seine höchstmögliche Entwicklung erreicht; es gibt Schriftsteller, die früher oder später an ihren rechten Platz treten und ihn nicht mehr wechseln. Als armer Edelmann hatte er seine Zeit verstanden und erwartete alles von seiner persönlichen Leistung. Er hatte lange in der Pariser Arena gerungen, und zwar wider den Willen eines reichen Onkels, der – die Eitelkeit rechtfertige den Widerspruch! – nachdem er ihn mit dem schwersten Elend hatte kämpfen lassen, dem berühmten Manne das Vermögen vermachte, das er dem unbekannten Schriftsteller unerbittlich verweigert hatte. Dieser plötzliche Wandel aber änderte in seiner Lebensweise nichts; er führte seine Arbeiten in einer Einfachheit, die der alten Zeiten würdig gewesen wäre, fort und erlegte sich neue Arbeiten auf, indem er einen Sitz in der Deputiertenkammer annahm, wo er sich der Rechten anschloss. Seit er zum Ruhm durchgedrungen war, erschien er bisweilen in der Gesellschaft. Einer seiner alten Freunde, ein großer Arzt, Horace Bianchon, hatte ihn mit dem Baron von Rastignac bekannt gemacht, der Unterstaatssekretär in einem Ministerium und mit de Marsay befreundet war. Diese beiden Politiker hatten großmütig ihren Beistand geliehen, als Daniel, Horace und ein paar andere intime Freunde Michel Chrestiens die Leiche dieses Republikaners aus der Kirche Saint-Merri entfernen wollten, um ihm die Ehren des Begräbnisses zu erweisen. Der Dank für einen Dienst, der zu der Strenge, die man um jene Zeit der Entfesselung aller politischen Leidenschaften in Dingen der Verwaltung beobachtete, so sehr in Widerspruch stand, hatte zwischen d'Arthez und Rastignac enge Freundschaft begründet. Der Unterstaatssekretär und der berühmte Minister waren zu gewandte Leute, um diesen Umstand nicht auszunutzen; sie wussten ein paar Freunde Michel Chrestiens zu gewinnen, zumal sie seine Ansichten nicht teilten, sodass sie sich jetzt der neuen Regierung anschlossen. Einer von ihnen, Léon Giraud, der zunächst zum Beisitzer ernannt wurde, ist seither Staatsrat geworden. Daniel d'Arthez widmet sein ganzes Leben der Arbeit; die Gesellschaft bekommt ihn nur gelegentlich einmal zu sehen, und sie ist für ihn gleichsam ein Traum. Sein Haus ist ein Kloster, in dem er das Leben eines Benediktiners führt: Er beobachtet die gleiche Nüchternheit in seiner Lebensweise, die gleiche Regelmäßigkeit in seinen Beschäftigungen. Seine Freunde wissen, dass die Frau für ihn bisher nichts war als ein stets gefürchtetes Unglück; er hat sie zu genau beobachtet, um sie nicht zu fürchten; aber er hat sie so lange studiert, dass er sie jetzt endlich nicht mehr kennt; darin jenen tiefen Strategen gleich, die auf einem unvorhergesehenen Gelände stets geschlagen werden würden, weil ihre wissenschaftlichen Grundsätze dort Wandlungen und Störungen erfahren würden. Übrig geblieben ist von ihm das naive Kind, das sich freilich zugleich als der geschickteste Beobachter zeigt. Dieser scheinbar unmögliche Widerspruch ist allen leicht verständlich, die den Abgrund erkannt haben, der die geistigen Fähigkeiten von den Empfindungen trennt: Jene entspringen dem Kopf, diese dem Herzen. Man kann ein großer Mann und ein Halunke sein, genau wie man ein Dummkopf sein kann und zugleich ein vorzüglicher Liebhaber. D'Arthez gehört zu jenen bevorrechtigten Wesen, bei denen die Feinheit des Geistes, der Umfang der Begabung des Gehirns weder Kraft noch Größe der Empfindung ausschließen. Er ist vermöge einer seltenen Begnadung zugleich ein Mann der Tat und des Gedankens. Sein Privatleben ist edel und rein. Wenn er bisher die Liebe sorgfältig geflohen hatte, so kannte er sich darum doch ganz genau; er wusste im Voraus, wie sehr ihn die Leidenschaft beherrschen würde. Lange Zelt hindurch waren die angreifenden Arbeiten, durch die er den festen Grund zu seinen glorreichen Werken legte, und die Kälte des Elends ein ausgezeichnetes Schutzmittel. Als der Wohlstand kam, knüpfte er die vulgärste und unbegreiflichste Verbindung mit einer zwar recht schönen Frau an, die aber zur unteren Klasse gehörte, die ohne jede Bildung und ohne jede Lebensart war und allen Blicken sorgfältig verborgen wurde. Michel Chrestien sprach den genialen Männern die Macht zu, die kompaktesten Geschöpfe in ätherische Wesen, die borniertesten Weiber in geistvolle Frauen, Bäuerinnen in Marquisen zu verwandeln; je höher eine Frau stände, sagte er, um so mehr verlöre sie in ihren Augen, denn seiner Ansicht nach hatte da ihre Fantasie nichts mehr zu tun. Die Liebe war – gleichfalls seiner Ansicht nach – für geringwertige Wesen zwar nur ein einfaches Bedürfnis der Sinne, aber für hochstehende Menschen das bedeutendste und fesselndste Schöpfungswerk. Er berief sich, um d'Arthez zu rechtfertigen, auf das Beispiel Raffaels und der Fornarina. Er hätte auch sich selbst als Vorbild hinstellen können, da er in der Herzogin von Maufrigneuse einen Engel sah. Die wunderliche Laune des Schriftstellers ließ sich übrigens auf vielerlei Arten rechtfertigen; vielleicht hatte er gleich von Anfang an daran gezweifelt, hier auf Erden eine Frau zu finden, die dem köstlichen Traumbild entsprach, wie jeder geistvolle Mann es sich entwirft und im Herzen hegt; vielleicht hatte er ein zu empfindliches, zu zartes Herz, um es einer Frau der Gesellschaft auszuliefern; vielleicht zog er es vor, der Natur ihren Tribut zu zollen und seine Illusion zu behalten, indem er sein Ideal kultivierte; vielleicht hatte er auch die Liebe ganz ausgeschaltet, weil sie mit seiner Arbeit, mit der Regelmäßigkeit eines mönchischen Lebens, in dem die Leidenschaft alles gestört hätte, unvereinbar war. Seit einigen Monaten bildete d'Arthez das Gespött Blondes und Rastignacs, die ihm vorwarfen, er kenne weder die Welt noch die Frauen. Wenn man ihnen glauben wollte, so waren seine Werke zahlreich und vorgeschritten genug, damit er sich auch Zerstreuungen gönnte; er hatte ein schönes Vermögen und lebte wie ein Student; er kostete nichts aus, weder sein Geld noch seinen Ruhm; er wusste nichts von den erlesenen Genüssen der edlen und zarten Leidenschaft, die gewisse wohlgeborene und wohlerzogene Frauen einflößen oder empfinden konnten. War es seiner nicht unwürdig, dass er nur erst die rohesten Seiten der Liebe kennengelernt hatte? Sobald die Liebe sich auf das beschränkte, wozu die Natur sie machte, war sie in ihren Augen die dümmste Erfindung der Welt. Es war einer der Ruhmestitel der Gesellschaft, da die »Frau« geschaffen zu haben, wo die Natur nur das Weibchen schuf; da die Dauer des Verlangens begründet zu haben, wo die Natur nur an die Erhaltung der Gattung dachte: kurz, die Liebe erfunden zu haben, die schönste Religion der Menschen. D'Arthez wusste nichts von den reizenden Feinheiten der Rede, nichts von den unaufhörlichen Beweisen herzlicher Neigung, die Geist und Seele geben, nichts von jenen Begierden, die durch verfeinerte Lebensart geadelt werden, nichts von jenen durchgeistigten Formen, die die Frau der Gesellschaft den gröbsten Dingen leiht. Er kannte vielleicht die Frau, aber die Gottheit kannte er nicht. Es bedurfte nach ihnen fabelhaft vieler Kunst, fabelhaft viel schöner Toiletten des Geistes und des Leibes, damit eine Frau wirklich lieben könnte. Kurz, diese beiden Verführer rühmten all die köstlichen Verderbtheiten des Geistes, die die Pariser Koketterie ausmachen, und beklagten d'Arthez, der von gesunder Nahrung ohne jede Würze lebte; weil er die Wonnen der Pariser feinen Küche nie gekostet hatte, so weckten sie seine Neugier aufs Lebhafteste. Doktor Bianchon, den d'Arthez ins Vertrauen zog, wusste, dass diese Neugier endlich erwacht war. Das langdauernde Verhältnis des großen Schriftstellers zu einer vulgären Frau war ihm, statt ihm vermöge der Gewöhnung zu gefallen, vielmehr unerträglich geworden; aber ihn hielt die große Schüchternheit zurück, die sich aller einsamen Menschen bemächtigt.

»Wie kommt es«, sagte Rastignac, »wenn man ›den Pfennig und den Ballen im Schilde führt, der schräg in Rot und Gold geteilt ist‹, dass man da dieses Pikardische Wappen nicht auf einem Wagen glänzen lässt? Sie haben dreißigtausend Franken Rente und die Einkünfte Ihrer Feder; Sie haben Ihre Devise, die den von unsern Vorfahren so lange gesuchten Kalauer bildet, zur Wahrheit gemacht: *Ars thesaurusque virtus!*, und Sie führen sie nicht im Bois de Boulogne spazieren! Wir leben in einem Jahrhundert, in dem die alte Tugend sich zeigen muss.«

»Wenn Sie dieser dicken Daforêt, die Ihre Wonne ausmacht, Ihre Werke vorläsen, so würde ich Ihnen vergeben, dass Sie sie behalten«, sagte Blondet. »Aber, mein Lieber, wenn Sie schon, materiell gesprochen, von trocknem Brot leben, so haben Sie, soweit es auf den Geist ankommt, nicht einmal das Brot ...«

Dieser freundschaftliche kleine Krieg zwischen Daniel und seinen Freunden hatte schon ein paar Monate gedauert, als Frau d'Espard Rastignac und Blondet bat, d'Arthez dahin zu bringen, dass er einmal bei ihr speiste, und ihnen zugleich sagte, die Fürstin von Cadignan hege das lebhafte Verlangen, diesen berühmten Mann kennenzulernen. Eine solche Neugier ist für gewisse Frauen, was für Kinder die *Laterna magica* ist: ein übrigens ziemlich ärmliches Vergnügen für die Augen, das nur Enttäuschung bringt. Je mehr Empfindung ein Mann von Geist aus der Ferne weckt, um so weniger wird er ihr aus der Nähe entsprechen; je glänzender die Träume von ihm waren, um so glanzloser wird er selber sein. In dieser Hinsicht geht die enttäuschte Neugier bisweilen bis zur Ungerechtigkeit. Weder Blondet noch Rastignac konnten d'Arthez täuschen; sie sagten ihm lachend, ihm biete sich die verführerischste Gelegenheit, sein Herz zu bilden und die höchsten Wonnen kennenzulernen, die die Liebe einer Pariser großen Dame verleihen könne. Die Fürstin sei tatsächlich in ihn verliebt, er habe bei dieser Begegnung nichts zu fürchten, aber alles zu gewinnen. Es werde ihm nicht möglich sein, von dem Piedestal herabzusteigen, auf das Frau von Cadignan ihn gestellt habe. Weder Blondet noch Rastignac bedachten sich, der Fürstin diese Liebe zuzuschreiben; sie konnte die Verleumdung tragen, da ihre Vergangenheit schon zu so viel Anekdoten Anlass gab. Sie begannen alle beide, d'Arthez die Abenteuer der Herzogin von Maufrigneuse zu erzählen: erstens ihre Leichtfertigkeiten mit de Marsay, zweitens ihre Inkonsequenzen mit d'Ajuda, den sie von seiner Frau fortgelockt hatte, indem sie so Frau von Beauséant rächte; drittens ihre Liaison mit dem jungen d'Esgrignon, der sie nach Italien begleitet und sich um ihretwillen furchtbar bloßgestellt hatte; sie berichteten, wie unglücklich sie mit einem berühmten Gesandten, wie glücklich mit einem russischen General gewesen war, wie sie die Egeria zweier Minister der auswärtigen Angelegenheiten wurde, und so weiter. D'Arthez erwiderte ihnen, er habe durch ihren armen Freund Michel Chrestien, der sie vier Jahre lang heimlich angebetet hätte und fast darüber wahnsinnig geworden wäre, mehr davon erfahren, als sie ihm zu sagen vermöchten.

»Ich habe meinen Freund oft in die Italienische Oper begleitet«, sagte Daniel. »Der Unglückliche lief mit mir durch alle Straßen neben dem Wagen der Fürstin einher, um sie durch die Scheiben ihres Coupés bewundern zu können. Dieser Liebe verdankt der Fürst von Cadignan das Leben, denn Michel hat einen Burschen daran gehindert, ihn zu erschießen.«

»Nun, da haben Sie ja gleich ein Thema bereit«, sagte Blondet lächelnd. »Das ist die Frau, die Sie brauchen; sie wird nur aus Feingefühl grausam sein, und sie wird Sie sehr huldvoll in die Geheimnisse der Eleganz einweihen; aber nehmen Sie sich in acht! Sie hat manches Vermögen verzehrt! Die schöne Diana gehört zu jenen Verschwenderinnen, die keinen Heller kosten und für die man doch Millionen ausgibt. Schenken Sie sich ihr mit Seele und Leib; aber behalten Sie Ihr Geld in der Hand, wie der Alte in der ›Sintflut‹ Girodets.«

Nach dieser Unterhaltung hätte die Fürstin die Tiefe eines Abgrundes, die Anmut einer Königin, die Verderbtheit der Diplomaten, die Gefährlichkeit einer Sirene besitzen müssen. Diese beiden geistreichen Männer, die nicht imstande waren, die Entwicklung dieses Scherzes vorauszusehen, hatten schließlich aus Diana von Uxelles die ungeheuerlichste Pariserin, die gewandteste Kokette, die berauschendste Kurtisane der Welt gemacht. Obwohl sie recht hatten, war die Frau, die sie so leichthin behandelten, für d'Arthez heilig und geweiht, denn seine Neugier brauchte nicht erst geweckt zu werden; er willigte auf der Stelle ein, ihr zu begegnen, und etwas anderes wollten die beiden Freunde nicht von ihm.

Frau d'Espard suchte die Fürstin auf, sowie sie die Antwort hatte. »Meine Liebe, fühlen Sie sich schön und kokett?«, fragte sie. »Kommen Sie in einigen Tagen zum Diner, dann werde ich Ihnen d'Arthez auftischen. Unser genialer Mann ist von Natur sehr wild, er fürchtet die

Frauen und hat noch nie geliebt. Danach richten Sie Ihr Gespräch ein. Er ist außerordentlich geistvoll und von einer Einfalt, die Sie täuscht, weil sie Ihnen jedes Misstrauen nimmt. Sein ganzer Scharfsinn erschöpft sich in Rückblicken und wirkt erst nachher, sodass er jede Berechnung zunichtemacht. Heute haben Sie ihn vielleicht überrascht, aber morgen lässt er sich durch nichts mehr täuschen.«

»Ach«, sagte die Fürstin, »wenn ich erst dreißig Jahre alt wäre, so würde ich mich wundervoll dabei amüsieren! Bisher hat mir gerade ein Mann von Geist gefehlt, auf dem ich spielen konnte. Ich habe stets nur Partner gehabt, niemals Gegner. Die Liebe war ein Spiel, statt ein Kampf zu sein.«

»Liebe Fürstin, geben Sie zu, dass ich sehr großmütig bin, denn schließlich, eine gut angewandte Wohltat ...«

Die beiden Frauen sahen sich lachend an und ergriffen sich gegenseitig bei den Händen, die sie sich freundschaftlich drückten. Gewiss kannten sie alle beide voneinander wichtige Geheimnisse, und ohne Zweifel zählten sie den einzelnen Mann und einen zu leistenden Dienst nicht so genau; denn damit eine Freundschaft zwischen Frauen aufrichtig und dauerhaft werde, muss sie mit kleinen Verbrechen gekittet werden. Wenn zwei Freundinnen sich gegenseitig töten können, und sich gegenseitig ansehen, den vergifteten Dolch in der Hand, so bieten sie das rührende Schauspiel eines Einklangs dar, der erst in dem Augenblick gestört wird, in dem die eine von beiden ihre Waffen aus Versehen loslässt. Acht Tage darauf also fand bei der Marquise eine jener Abendgesellschaften statt, die sie »ihre kleinen Tage« nennt und die für die Vertrauten reserviert sind; zu ihnen kommt niemand, der nicht eine mündliche Einladung erhalten hat, und während ihres Verlaufs bleiben die Türen geschlossen. Diese Abendgesellschaft wurde für fünf Personen gegeben: für Emile Blondet und Frau von Montcornet, für Daniel d'Arthez, Rastignac und die Fürstin von Cadignan. Die Herrin des Hauses mitgezählt, waren es so viel Männer wie Frauen. Nie hätte der Zufall geschickter spielen können, das Zusammentreffen d'Arthez' und der Frau von Cadignan vorzubereiten. Die Fürstin gilt noch heute für eine Frau, die in Toilettedingen ganz besonders bewandert ist; und die Toilette ist für die Frauen die erste aller Künste. Sie trug ein Kleid aus blauem Samt mit weiten hängenden weißen Ärmeln und durchsichtigem Buseneinsatz, einen jener Brustschleier aus leicht gekraustem Tüll, der blau eingefasst war, bis auf vier Fingerbreit an ihren Hals heranreichte und ihre Schultern bedeckte, wie man es auf einigen Bildnissen Raffaels sieht. Ihre Kammerfrau hatte ihr ein wenig weißes Heidekraut geschickt in ihre blonden Haarkaskaden gesteckt; sie bildeten eine der Schönheiten, denen sie ihre Berühmtheit verdankte. Sicherlich sah Diana aus, als sei sie noch nicht fünfundzwanzig Jahre alt. Vier Jahre der Einsamkeit und der Ruhe hatten ihrer Gesichtshaut ihre Festigkeit zurückgegeben. Und gibt es nicht außerdem Augenblicke, in denen der Wunsch, zu gefallen, die Schönheit der Frauen noch steigert? Der Wille bleibt auf die Wandlungen des Gesichts nicht ohne Einfluss. Wenn gewaltsame Erregungen die Macht haben, bei Leuten von sanguinischem oder melancholischem Temperament weiße Töne zu gilben, lymphatische Gesichter grünlich zu färben, muss man da nicht auch dem Verlangen, der Freude, der Hoffnung die Fähigkeit zusprechen, die Haut heller zu machen, den Blick mit lebhaftem Glanz zu vergolden, die Schönheit durch ein lockendes Licht, dem Licht eines hübschen Morgens gleich, zu beleben? Die so berühmte Weiße der Fürstin hatte einen reifen Ton angenommen, der ihr etwas Erhabenes gab. Um diese Zeit ihres Lebens stand ihre hohe Träumerstirn in wundervollem Einklang mit ihrem blauen, ruhigen und majestätischen Auge, denn diese Periode zeichnete sich durch ein strenges In-sich-gehen und viele ernsthafte Gedanken aus. Es wäre dem geschicktesten Physiognomen unmöglich gewesen, sich unter dieser unerhörten Feinheit der Züge Berechnung und Entschlossenheit vorzustellen. Es gibt Frauengesichter, die durch ihre Ruhe und ihre Feinheit die Wissenschaft täuschen und die Beobachtung irreführen; man müsste sie betrachten können, wenn die Leidenschaften reden, und das ist schwierig; oder wenn sie gesprochen haben, was nichts mehr hilft; denn dann ist die Frau alt und verstellt sich nicht mehr. Die Fürstin gehört zu den undurchdringlichsten Frauen; sie kann sich zu dem machen, was sie sein will; mutwillig, kindlich und unschuldig, um zur Verzweiflung zu treiben, oder fein, ernst und tief, sodass sie Sorgen einflößt. Sie kam mit der Absicht zur Marquise, die sanfte und einfache Frau zu spielen, der das Leben nur durch seine Enttäuschungen bekannt geworden war, die Frau voller Seele, die man verleumdet hat, die sich jedoch darein ergibt, kurz, den zertretenen Engel. Sie kam früh, um sich am Kamin neben Frau d'Espard so auf das Plaudersofa setzen zu können, wie sie gesehen werden wollte, in einer jener Haltungen, in denen die Berechnung unter dem köstlichen Schein der Natur verborgen ist, in einer jener studierten und gesuchten Posen, die jene schöne Schlangenlinie hervorheben, wie sie mit dem Fuße beginnt, anmutig bis zur Hüfte steigt und sich in herrlichen Rundungen bis zu den Schultern fortsetzt, indem sie den Blicken das ganze Profil des Körpers zeigt. Eine nackte Frau wäre minder gefährlich, als es ein in dieser Weise kundig hingebreiteter Rock ist, der alles bedeckt und zugleich ins Licht rückt. Aus einem Raffinement heraus, auf das nicht viele Frauen verfallen wären, hatte Diana sich zur größten Verblüffung der Marquise von dem Herzog von Maufrigneuse begleiten lassen. Nach einem Augenblick der Überlegung drückte Frau d'Espard der Fürstin mit verständnisvoller Miene die Hand: »Ich verstehe Sie! Wenn Sie d'Arthez zwingen, gleich auf einen Schlag alle Schwierigkeiten mit in den Kauf zu nehmen, haben Sie sie später nicht mehr zu besiegen.«

Die Gräfin von Montcornet kam mit Blondet. Rastignac brachte d'Arthez mit. Die Fürstin machte dem berühmten Manne keines der Komplimente, mit denen ihn vulgäre Menschen überhäuften; aber sie zeigte eine Zuvorkommenheit, die voller Anmut und Achtung war und die die Grenze ihrer Konzessionen bilden musste. So benahm sie sich zweifellos auch dem König von Frankreich und den Fürsten gegenüber. Sie schien glücklich, diesen großen Mann zu sehen, und zufrieden damit, ihn gesucht zu haben. Leute, die wie die Fürstin viel Geschmack haben, zeichnen sich vor allem durch ihre Art, zuzuhören, aus, durch eine Liebenswürdigkeit ohne Beimischung von Spötterei, die sich zur Höflichkeit verhält wie die werktätige Tugend zur theoretischen. Wenn der berühmte Mann sprach, so verriet ihre Haltung eine Aufmerksamkeit, die tausendmal schmeichelhafter war, als die bestgerundeten Komplimente es gewesen wären. Die gegenseitige Vorstellung geschah durch die Marquise, und zwar ohne jeden Nachdruck und in aller Schicklichkeit. Bei Tisch setzte man d'Arthez neben die Fürstin, die, weit entfernt von der übertriebenen Zurückhaltung der Zierpuppen, mit sehr gutem Appetit aß und ihre Ehre darein setzte, als ganz natürliche Frau ohne alle Wunderlichkeiten zu erscheinen. Zwischen zwei Gängen benutzte sie einen Augenblick, in dem die Unterhaltung allgemein wurde, um d'Arthez für sich in Anspruch zu nehmen.

»Wenn ich mir das Vergnügen verschaffen wollte, mich neben Sie zu setzen, so liegt dem der geheime Wunsch zugrunde, ein wenig über einen unglücklichen Freund von Ihnen zu erfahren, der für eine andere Sache gestorben ist als für die unsrige; ich habe ihm viel zu danken, ohne dass ich meine Verpflichtungen je anerkennen oder ihm vergelten konnte. Der Fürst von Cadignan teilt mein Bedauern. Ich habe erfahren, dass Sie einer der besten Freunde dieses armen Jungen waren. Ihre gegenseitige reine, ungetrübte Freundschaft begründete für Sie einen

Anspruch auf mein Interesse. Sie werden es also nicht weiter wunderbar finden, wenn ich alles wissen wollte, was Sie mir über dieses Wesen sagen können, das Ihnen so teuer ist. Wenn ich auch an der verbannten Dynastie hänge und verpflichtet bin, monarchische Anschauungen zu hegen, so gehöre ich doch nicht zu der Zahl derer, die Republikanismus und Edelmut für unvereinbar ansehen. Die Monarchie und die Republik sind die beiden einzigen Regierungsformen, die die schönen Empfindungen nicht ersticken.«

»Michel Chrestien war ein Engel, gnädige Frau«, erwiderte Daniel mit bewegter Stimme. »Ich kenne unter den Helden des Altertums keinen, der ihm überlegen gewesen wäre. Hüten Sie sich davor, ihn für einen von den beschränkten Republikanern zu halten, die den Konvent und die Artigkeiten des Wohlfahrtskomitees wiederempfehlen möchten. Nein, Michel träumte von einer Anwendung der Schweizer Bundesverfassung auf ganz Europa. Geben wir übrigens zu, unter uns, dass nächst der glanzvollen Negierung durch einen Einzigen – die, glaube ich, unserem Lande mehr zusagt – Michels System am besten die Unterdrückung des Krieges in der Alten Welt und ihren Wiederaufbau auf einer andern Grundlage gewährleistet, als es die Grundlage der Eroberung ist, die ehedem die Feudalverfassung gab. Die Republikaner standen seinen Gedanken in dieser Hinsicht am nächsten; deshalb lieh er ihnen im Juli und zu Saint-Merri seinen Arm. Obwohl wir in unsern Anschauungen sehr weit auseinandergingen, sind wir durch enge Freundschaft verbunden geblieben.«

»Das ist das schönste Lob für Ihre beiden Charaktere«, sagte Frau von Cadignan schüchtern.

»Während der letzten vier Jahre seines Lebens«, fuhr Daniel fort, »vertraute er mir seine Liebe zu Ihnen an; und dieses Vertrauen knüpfte die schon starken Bande unserer brüderlichen Freundschaft noch enger. Er allein, gnädige Frau, hat Sie geliebt, wie Sie geliebt werden müssten. Wie oft hat es nicht stark geregnet, wenn ich Ihren Wagen bis zu Ihrem Hause begleitete, indem ich an Geschwindigkeit mit Ihren Pferden kämpfte, damit wir mit Ihnen in einer Linie blieben und Sie sehen... Sie bewundern konnten.«

»Ich werde gehalten sein. Sie zu entschädigen!«, sagte die Fürstin.

»Weshalb ist Michel nicht da?«, erwiderte Daniel mit einem Ton voller Melancholie.

»Er hätte mich vielleicht nicht lange geliebt«, sagte die Fürstin, indem sie voll Trauer den Kopf schüttelte. »Die Republikaner sind noch starrer in ihren Ideen als wir Absolutisten, denn wir sündigen durch unsere Nachsicht. Er hatte mich wahrscheinlich als vollkommen geträumt, und er wäre grausam enttäuscht worden. Wir Frauen werden ebenso viel von Voreingenommenheiten verfolgt, wie Sie sie im literarischen Leben zu ertragen haben, und wir können uns weder durch den Ruhm noch durch unsere Werke verteidigen. Man glaubt uns nicht, was wir sind, sondern nur wozu man uns macht. Man hätte ihm bald die unbekannte Frau, die in mir steckt, unter dem falschen Bildnis der imaginären Frau verborgen, die für die Welt die wahre ist. Er hätte mich der edlen Empfindungen, die er mir entgegenbrachte, für unwürdig gehalten, für unfähig, sie zu begreifen.« Die Fürstin machte eine Kopfbewegung, indem sie in wundervoller Geste die schönen blonden Locken mit dem darin befestigten Heidekraut schüttelte. Die trostlosen Zweifel, das verborgene Elend, das sie ausdrückte, war unsäglich. Daniel begriff alles und sah die Fürstin in lebhafter Bewegung an. »Und doch stand ich an dem Tage, als ich ihn wiedersah, lange nach dem Juliaufstand«, fuhr sie fort, »in Versuchung, meinem Wunsch zu unterliegen und ihn in der Vorhalle der Italienischen Oper vor aller Welt bei der Hand zu nehmen, ihm diese Hand zu drücken und ihm meinen Strauß zu reichen. Ich sagte mir, dass dieser Beweis des Dankes, wie so viele andere edle Dinge, die heute als Tollheiten der Herzogin von Maufrigneuse erzählt werden, falsch gedeutet werden würde, und ich kann jene Dinge niemals kommentieren; nur mein Sohn und Gott werden mich jemals kennen.«

Diese Worte, die dem Zuhörer ins Ohr geflüstert wurden, sodass sie den andern Gästen entgingen, und zwar mit einem Tonfall, der der geschicktesten Schauspielerin würdig gewesen wäre, mussten zu Herzen dringen; und sie erreichten Daniels Herz. Es handelte sich dabei ja nicht um den berühmten Schriftsteller; diese Frau suchte sich vor einem Toten zu rechtfertigen. Sie konnte verleumdet worden sein; sie wollte wissen, ob sie auch nichts in den Augen dessen besudelt hatte, der sie einst liebte. War er mit all seinen Illusionen gestorben?

»Michel«, erwiderte d'Arthez, »war einer jener Männer, die bedingungslos lieben; und wenn sie falsch wählen, so können sie darunter leiden, ohne jemals auf die zu verzichten, die sie erwählten.«

»Und wurde ich so geliebt?«, rief sie mit der Miene verzückter Seligkeit.

»Ja, gnädige Frau.«

»So habe ich sein Glück gemacht?«

»Vier Jahre lang.«

»Dergleichen kann keine Frau hören, ohne eine stolze Befriedigung zu empfinden«, sagte sie, indem sie d'Arthez in einer Bewegung voll schamhafter Verwirrung ihr sanftes und edles Antlitz zuwandte.

Es gehört zu den klügsten Kunstgriffen dieser Komödiantinnen, dass sie ihr Wesen verschleiern, wenn die Worte zu ausdrucksvoll werden, und dass sie, sobald die Rede Grenzen findet, die Augen sprechen lassen. Diese geschickten Dissonanzen, die sie in die Musik ihrer wahren oder falschen Liebe einflechten, haben eine unbesiegliche Verführungskraft.

»Hat man nicht«, fuhr sie fort, indem sie noch einmal ihre Stimme senkte und nachdem sie sich ihrer Wirkung vergewissert hatte, »hat man nicht sein Schicksal erfüllt, wenn man einen großen Mann ohne ein Verbrechen glücklich gemacht hat?«

»Hat er Ihnen nie geschrieben?«

»Ja, aber ich wollte dessen ganz sicher sein, denn glauben Sie mir, er hat sich nicht getäuscht, wenn er mich so hoch stellte.«

Die Frauen wissen ihren Worten eine ganz besondere Reinheit zu geben; sie teilen ihnen irgendein Zittern mit, das den Sinn der Gedanken dehnt und ihnen Tiefe leiht; wenn ihr entzückter Zuhörer sich nicht später Rechenschaft darüber ablegt, was sie gesagt haben, so ist das Ziel vollkommen erreicht, und ebendas ist ja das eigentliche Wesen der Beredsamkeit. Die Fürstin hätte in diesem Augenblick die Krone Frankreichs tragen können, ohne dass darum ihre Stirn imposanter gewesen wäre, als sie es unter dem schönen Diadem ihrer wie zu einem Turm in Zöpfen aufgesteckten und mit ihrem hübschen Heidekraut gezierten Haare war. Wie der Heiland über die Wogen des Sees Tiberias dahinschritt, schien diese Frau auf den Fluten der Verleumdung dahinzuschreiten, eingehüllt in das Linnen dieser Liebe, wie ein Engel von seinem Heiligenschein umgeben ist. Nichts deutete auf eine Notwendigkeit hin, so zu sein, noch auch auf den Wunsch, groß oder liebreich zu erscheinen; sie war einfach und ruhig. Ein Lebender hätte der Fürstin niemals die Dienste leisten können, die ihr der Tote leistete. D'Arthez, ein einsamer Arbeiter, dem der Verkehr mit der Welt fremd war und den das Studium mit seinen schützenden Schleiern umhüllt hatte, ließ sich von dem Tonfall und den Worten täuschen. Er stand unter dem Zauber dieser erlesenen Lebensform, er bewunderte die vollkommene Schönheit, die vom Unglück gereift und in der Zurückgezogenheit zur

Ruhe gekommen war; er betete die so seltene Vereinigung eines feinen Geistes und einer schönen Seele an; kurz, er wünschte das Erbe Michel Chrestiens anzutreten. Der Anfang dieser Leidenschaft war wie bei den meisten tiefen Denkern eine Idee. Während er die Fürstin aus größerer Nähe sah, als es möglich gewesen war, als er damals seinen Freund in seinem tollen Lauf begleitete, während er die Form ihres Kopfes, die Anordnung ihrer so sanften Züge, ihren Wuchs, ihren Fuß, ihre so fein modellierten Hände studierte, fiel ihm das überraschende Phänomen des zweiten Gesichts auf, das der von der Liebe begeisterte Mensch in sich selber findet ... Mit welchem Scharfblick hatte nicht Michel Chrestien in diesem Herzen, in dieser von den Feuern der Liebe erhellten Seele gelesen! Der Bundesschwärmer war also auch erraten worden! Er wäre zweifelsohne glücklich geworden! So hatte denn die Fürstin in Daniels Augen einen großen Zauber: Sie war von einer Aureole der Poesie umgeben. Während des Diners entsann sich der Schriftsteller der verzweifelten Ergüsse des Republikaners und seiner Hoffnungen, als er sich für geliebt hielt; seine Gedichte, so schön, wie sie eben die wahre Empfindung diktiert, hatte er einzig um dieser Frau willen gesungen. Ohne es zu wissen, stand Daniel im Begriff, diese Vorbereitungen, die er dem Zufall verdankte, auszunutzen. Es ist selten, dass ein Mann ohne Gewissensbisse aus dem Vertrauten zum Nebenbuhler werden kann. In einem Augenblick erkannte er, welch ungeheurer Unterschied zwischen den Frauen der Gesellschaft, jenen Blüten der großen Welt, und den vulgären Frauen besteht, die er dennoch gleichfalls nur erst durch ein einziges Muster kannte; er wurde also an den zugänglichsten, zartesten Seiten seiner Seele und seines Genius überrumpelt. Von seiner Naivität und dem Ungestüm seiner Gedanken getrieben, sich dieser Frau zu bemächtigen, fühlte er sich trotzdem zurückgehalten durch die Welt, durch die Schranke, die die Lebensform und, sagen wir es, die Majestät der Fürstin zwischen ihm und ihr errichtete. Daher lag auch darin für diesen Mann, der nicht gewohnt war, diejenige, die er liebte, zu achten, irgendetwas Lockendes, irgendein Reiz, der um so mächtiger war, als er sich gezwungen sah, ihm ausgesetzt zu bleiben und seine Wunden zu tragen, ohne dass er sich verriet. Die Unterhaltung, die bis zum Dessert bei der Person Michel Chrestiens verweilte, bildete für Daniel wie für die Fürstin einen wundervollen Vorwand, von Liebe, Sympathie, Ahnung zu flüstern: für sie, sich die Pose der verleumdeten, verkannten Frau zu geben; für ihn, die Füße in die Schuhe des toten Republikaners zu stecken. Vielleicht ertappte sich dieser Mann der Naivität dabei, wie er sich weniger nach seinem Freund zurücksehnte als vordem. In dem Augenblick, als die Wunder des Desserts auf dem Tisch erstrahlten, beim Licht der Kerzen, im Schutz der Sträuße aus natürlichen Blumen, die die Gäste durch eine glänzende, reich von Früchten und Zuckerwerk durchwirkte Hecke trennten – gefiel die Fürstin sich darin, diese Folge von Vertraulichkeiten mit einem entzückenden Wort zu beschließen, das sie mit einem jener Blicke begleitete, die eine blonde Frau brünett erscheinen lassen und in dem sie dem Gedanken, Michel und Daniel seien Zwillingsseelen, feinen Ausdruck gab. D'Arthez stürzte sich jetzt wieder in die allgemeine Unterhaltung, in die er die Freude eines Kindes hineintrug, und zwar nicht ohne ein wenig von jener Eitelkeit, die eines Schülers würdig gewesen wäre. Die Fürstin nahm auf die natürlichste Weise Daniels Arm, um in den kleinen Salon der Marquise zurückzukehren. Als sie den großen Salon durchschritten, ging sie langsam; und als sie um einen ziemlich weiten Zwischenraum hinter der Marquise, der Blondet den Arm gereicht hatte, zurückgeblieben war, hielt sie d'Arthez an, »Ich will dem Freund des armen Republikaners nicht unzugänglich sein«, sagte sie. »Und obgleich ich es mir zum Gesetz gemacht habe, niemand zu empfangen, so sollen von allen Menschen der Welt Sie allein bei mir Zutritt haben. Glauben Sie nicht, dass das eine Gunst sei. Die Gunst ist stets nur für Fremde vorhanden, und mir ist, als wären wir schon alte Freunde; ich will in Ihnen Michels Bruder sehen.«

D'Arthez konnte der Fürstin nur den Arm drücken; er fand keine Antwort. Als der Kaffee serviert wurde, hüllte Diana von Cadignan sich mit einer koketten Bewegung in einen großen Schal ein und stand auf. Blondet und Rastignac waren zu sehr Politiker und zu sehr an die große Welt gewöhnt, als dass sie hätten den geringsten bürgerlichen Ausruf tun oder die Fürstin zurückhalten wollen; aber Frau d'Espard zwang ihre Freundin, sich nochmals zu setzen, indem sie sie bei der Hand nahm, und flüsterte ihr zu: »Warten Sie, bis auch die Leute gegessen haben; der Wagen ist noch nicht bereit.« Und sie gab dem Diener, der das Tablett mit dem Kaffee wieder forttrug, einen Wink. Frau von Montcornet erriet, dass die Fürstin und Frau d'Espard sich etwas zu sagen hatten, und sie lockte d'Arthez, Rastignac und Blondet fort, indem sie sie durch einen jener tollen, paradoxen Angriffe amüsierte, auf die die Pariserinnen sich so wundervoll verstehen.

»Nun«, sagte die Marquise, »wie finden Sie ihn?«

»Er ist ein anbetungswürdiges Kind, er kommt gerade aus den Wickelbändern. Wahrlich, es gibt noch einmal wie immer einen Sieg ohne Kampf.«

»Das kann einen zur Verzweiflung treiben«, sagte Frau d'Espard, »aber es gibt ein Auskunftsmittel.«

»Welches?«

»Lassen Sie mich Ihre Nebenbuhlerin werden.«

»Wie Sie wollen«, erwiderte die Fürstin; »ich bin zu einem Entschluss gekommen. Das Genie ist eine Daseinsform des Gehirns; was das Herz dabei gewinnt, weiß ich nicht; wir wollen noch darüber plaudern.«

Als Frau d'Espard dieses letzte ihr unauslegbare Wort hörte, stürzte sie sich wieder in die allgemeine Unterhaltung und schien weder durch das »Wie Sie wollen« verletzt, noch auch neugierig darauf zu sein, was sich aus dieser Unterredung ergeben würde. Die Fürstin blieb etwa eine Stunde lang auf dem Sofa beim Kamin sitzen, und zwar in der nachlässigen, hingegossenen Haltung, die Guérin Dido verliehen hat; sie lauschte mit der Aufmerksamkeit einer gedankenversunkenen Frau und sah Daniel kurze Augenblicke lang an, ohne die Bewunderung zu verbergen, die jedoch die Grenzen nicht überschritt. Sie entschlüpfte, als der Wagen vorgefahren war, nachdem sie mit der Marquise einen Händedruck und mit Frau von Montcornet ein Nicken ausgetauscht hatte.

Der Abend verstrich, ohne dass von der Fürstin noch ferner die Rede gewesen wäre. Man nutzte die Begeisterung aus, in der d'Arthez sich befand, denn er entfaltete alle Schätze seines Geistes. Freilich hatte er in Rastignac und Blondet zwei an Feinheit des Geistes und Umfang des Verstandes erstklassige Helfer. Die beiden Frauen galten seit Langem als die geistreichsten der hohen Gesellschaft. Es war also für diese fünf Menschen, die sich für gewöhnlich in der Welt, in den Salons und in der Politik in acht zu nehmen hatten, ein Rasttag in der Oase, ein seltenes und hochgeschätztes Glück. Es gibt Wesen, die das Vorrecht haben, unter den Menschen dazustehen wie jene wohltätigen Sterne, deren Licht die Geister erleuchtet und deren Strahlen die Herzen wärmt. D'Arthez gehörte zu diesen schönen Seelen. Ein Schriftsteller, der auf seiner Höhe steht, gewöhnt sich daran, alles zu denken, und vergisst in der Welt bisweilen, dass man nicht alles sagen darf. Es ist ihm unmöglich, die Zurückhaltung der Leute zu bewahren, die beständig in dieser Welt leben. Aber da seine Seitensprünge fast immer den Stempel der Originalität tragen, so beklagt sich niemand über sie. Die bei allen Genies so seltene Würze, die Jugendlichkeit voller Einfalt, die d'Arthez eine so vornehme Originalität verleiht, schuf diesen Abend zu einer Köstlichkeit um. Er ging mit dem Baron von Rastignac, der, als er ihn nach Hause brachte, ganz von selber auf die Fürstin zu sprechen kam, indem er ihn fragte, wie er sie fände.

»Michel hatte recht, wenn er sie liebte«, erwiderte d'Arthez; »sie ist eine außerordentliche Frau.«

»Sehr außerordentlich«, versetzte Rastignac spöttisch. »Ich erkenne an Ihrem Tonfall, dass Sie sie bereits lieben; ehe drei Tage vergehen, werden Sie bei ihr sein, und ich bin schon zu lange Pariser Lebemann, um nicht zu wissen, was zwischen Ihnen vorgehen wird. Nun, mein lieber d'Arthez, ich flehe Sie an, lassen Sie sich zu keiner Preisgabe Ihrer Interessen hinreißen. Lieben Sie die Fürstin, wenn Sie die Liebe zu ihr im Herzen fühlen; aber denken Sie an Ihr Vermögen. Sie hat niemals, von wem es auch sei, zwei Heller erbeten oder angenommen; dazu ist sie zu sehr d'Uxelles und Cadignan; aber meines Wissens hat sie, abgesehen von ihrem eigenen Vermögen, das sehr beträchtlich war, mehrere Millionen vergeuden lassen. Wie? Wozu? Auf welche Weise? Das weiß niemand, sie weiß es selber nicht einmal. Ich habe es schon vor dreizehn Jahren erlebt, wie sie in zwanzig Monaten das Vermögen eines reizenden Jungen und das eines alten Notars dazu verschlang.«

»Vor dreizehn Jahren?« sagte d'Arthez; »Wie alt ist sie denn?«

»Haben Sie denn bei Tisch nicht ihren Sohn gesehen, den Herzog von Maufrigneuse«, erwiderte Rastignac lachend, »einen jungen Mann von neunzehn Jahren? Neunzehn und siebzehn machen...«

»Sechsunddreißig!« rief der Schriftsteller erstaunt; »ich hielt sie für zwanzig!«

»Das wird sie gelten lassen«, sagte Rastignac; »aber seien Sie darüber unbesorgt; für Sie wird sie immer zwanzig Jahre alt bleiben. Sie wandeln im Reich der Fantasie. – Guten Abend, da sind Sie ja zu Hause«, sagte der Baron, als er sah, dass sein Wagen in die Rue de Bellefond einbog, wo d'Arthez ein hübsches Haus für sich bewohnte. »Wir sehen uns im Laufe der Woche bei Fräulein Des Touches.«

D'Arthez ließ die Liebe in sein Herz eindringen, wie unser Onkel Tobias es tut, nämlich ohne den geringsten Widerstand zu leisten; so war ihr Weg der der kritiklosen Anbetung, der ausschließlichen Bewunderung. Die Fürstin, dieses schöne Geschöpf, eine der bemerkenswertesten Schöpfungen des ungeheuerlichen Paris, wo im Guten wie im Schlimmen alles möglich ist, wurde, wie abgenutzt das Wort auch durch das Unglück der Zeit geworden ist, zum erträumten Engel. Um die plötzliche Verwandlung des erlauchten Schriftstellers ganz zu verstehen, müsste man wissen, wie viel Unschuld die Einsamkeit und die beständige Arbeit dem Herzen lassen; wie viel Begierden und Fantasien die Liebe, die zum Bedürfnis gemacht wird und einer unedlen Frau gegenüber peinlich geworden ist, im Herzen entwickelt, wie viel Neue sie erregt und wie viel göttliche Empfindungen sie in den höchsten Regionen der Seele weckt. D'Arthez war wirklich noch das Kind, noch der Schüler, den der Takt der Fürstin genau erraten hatte. Eine sehr ähnliche Erleuchtung hatte sich bei der schönen Diana vollzogen, Sie war also endlich jenem überlegenen Manne begegnet, nach dem alle Frauen sich sehnen, und wäre es nur, um mit ihm zu spielen: der Macht, der sie zu gehorchen bereit sind, und wäre es nur um des Vergnügens willen, sie doch auch zu beherrschen; sie fand endlich die Größe des Geistes verbunden mit der Naivität des Herzens und der Unerfahrenheit in der Leidenschaft; und dann sah sie zu ihrem unerhörten Glück all diese Reichtümer in einem Äußern vereinigt, das ihr gefiel. D'Arthez schien ihr schön zu sein; vielleicht war er es. Obwohl er dicht vor dem ernsten Alter des Mannes stand, in seinem achtunddreißigsten Jahre, bewahrte er doch noch jene Jugendblüte, die er seinem nüchternen und keuschen Leben verdankte; und gleich allen sitzenden Menschen, gleich den Staatsmännern zeigte er eine mäßige Beleibtheit. In seiner frühesten Jugend hatte er eine unbestimmte Ähnlichkeit mit Bonaparte als General gehabt. Diese Ähnlichkeit bestand noch immer, soweit ein Mensch mit schwarzen Augen und dichtem dunkelbraunen Haar jenem Herrscher mit den blauen Augen und dem hellbraunen Haar gleichen kann. Aber der brennende und edle Ehrgeiz, der ehemals in Daniels Augen gelegen hatte, war durch den Erfolg gleichsam milde geworden. Die Gedanken, mit denen seine Stirn schwanger ging, hatten geblüht, die hohlen Linien seines Gesichts hatten sich ausgefüllt. Da, wo in seiner Jugend das Elend die braunen Töne jener Temperamente hingestrichen hatte, die sich hartnäckig anspannen, um zermalmende und dauernde Kämpfe zu ertragen – da hatte das Wohlsein goldene Töne ausgebreitet. Wenn man sich die schönen Gesichter der antiken Philosophen sorgfältig ansieht, so wird man in ihnen stets jene Abweichungen vom vollkommenen Typus des menschlichen Gesichts finden, denen jede Physiognomie ihre Originalität verdankt; und diese Abweichungen werden korrigiert durch die Gewohnheit des Nachdenkens, durch die beständige Ruhe, die für geistige Arbeit notwendig ist. Die durchwühltesten Gesichter, wie zum Beispiel das des Sokrates, erhalten auf die Dauer eine fast göttliche Heiterkeit. Mit der edlen Einfalt, die seinen Kaiserkopf zierte, verband d'Arthez den Ausdruck der Naivität, die Natürlichkeit der Kinder und ein rührendes Wohlwollen. Jene Höflichkeit, die stets von Falschheit erfüllt ist, kannte er nicht – die Höflichkeit, durch die in unserer Welt die besterzogenen und liebenswürdigsten Menschen Eigenschaften vortäuschen, die ihnen oft fehlen, und deren Mangel die verletzt, die erkennen, dass sie sich haben täuschen lassen. Er konnte vermöge seiner Isolierung ein paar gesellschaftliche Gesetze verletzen; aber da er niemals wirklich Anstoß erregte, so machte dieser Duft der Wildheit die Liebenswürdigkeit, die hochbegabten Männern eigen ist, noch anmutiger; sie verstehen, ihre Überlegenheit zu Hause abzulegen und zur Stufe der Gesellschaft hinabzusteigen, um nach Art Heinrichs IV. den Kindern ihren Rücken und den Tröpfen ihren Geist darzubieten.

Die Fürstin stellte, als sie nach Hause kam, ebenso wenig Erörterungen mit sich selber an, wie d'Arthez sich gegen den Zauber wehrte, mit dem sie ihn gefangen hatte. Alles war für sie entschieden: Sie liebte mit all ihrem Wissen und ihrer Unbewusstheit. Wenn sie sich eine Frage stellte, so war es die, ob sie ein so großes Glück verdiente und was sie dem Himmel geleistet hatte, dass er ihr einen solchen Engel sandte. Sie wollte dieser Liebe würdig werden, wollte sie dauernd und sich selber auf ewig zu eigen machen, um ihr früheres Leben, das einer hübschen Frau, in dem Paradies enden zu lassen, das sie vor sich sah. An Widerstand, Neckerei oder Koketterie dachte sie nicht einmal. Sie dachte an ganz andere Dinge! Sie hatte die Größe der genialen Männer begriffen und erraten, dass sie auserwählte Frauen keinen gewöhnlichen Gesetzen unterwerfen. Daher hatte sie sich auch in jener raschen Erkenntnis, wie sie weiblichen großen Geistern eigen ist, vorgenommen, sich der ersten Begierde gegenüber schwach zu zeigen. Sie kannte nach diesem ersten Zusammentreffen Daniels Charakter gut genug, um zu vermuten, dass diese Begierde nicht eher ausgesprochen werden würde, als bis sie Zeit gehabt hätte, sich zu dem zu machen, was sie in den Augen dieses herrlichen Liebhabers sein wollte und sein musste.

Hier beginnt nun eine jener unbekannten Komödien, die sich im Innern des Bewusstseins zwischen zwei Wesen abspielen, von denen das eine sich vom andern täuschen lässt und die die Grenzen der Unnatur zurückschieben; eins jener düsteren und zugleich komischen Dramen, neben denen das Drama von Tartüffe eine Nichtigkeit ist; aber sie gehören nicht etwa dem Wirkungsbereich der Bühne an; nein, obwohl alles an ihnen außerordentlich ist, sind sie selber doch ganz natürlich, herkömmlich und durch die Notwendigkeit gerechtfertigt; man müsste dieses furchtbare Drama das Gegenspiel des Lasters nennen. Die Fürstin ließ sich zunächst sämtliche Werke von d'Arthez holen, denn sie hatte noch kein Wort von ihm gelesen; und trotzdem hatte sie zwanzig Minuten lang, ohne sich zu vergreifen, ihm ihre lobreiche Anerkennung ausgesprochen. Sie las zunächst alles. Dann wollte sie seine Bücher mit dem Besten vergleichen, was die zeitgenössische Literatur hervorbrachte. An dem Tage, als d'Arthez sie besuchte, hatte sie sich geistig übernommen. Während sie diesen Besuch erwartete, hatte sie jeden Tag ausgesuchte Toilette gemacht – eine Toilette, die einen Gedanken ausdrückt und diesem Gedanken durch die Augen Eingang verschafft, ohne dass man weiß wie und weshalb. Sie bot den Blicken eine harmonische Zusammenstellung grauer Farben dar, eine Art Halbtrauer, anmutig und voll Hingebung, die Kleidung einer Frau, die nur noch durch ein paar natürliche Bande, vielleicht durch ihr Kind, ans Leben gefesselt wurde und die sich darin langweilte. Sie verriet einen eleganten Ekel, der jedoch nicht bis zum Selbstmord ging; sie lebte eben ihre Zeit im irdischen Bagno ab. Sie empfing d'Arthez wie eine Frau, die ihn erwartete und als wäre er schon hundertmal bei ihr gewesen; sie erwies ihm die Ehre, ihn wie einen alten Bekannten zu behandeln; sie machte es ihm durch eine einzige Geste behaglich, indem sie nämlich nach dem Sofa wies, damit er sich setzte, während sie einen begonnenen Brief zu Ende schrieb. Die Unterhaltung begann auf die allergewöhnlichste Art: das Wetter, das Ministerium, de Marsays Krankheit, die Hoffnungen der Legitimisten. D'Arthez war Absolutist; die Fürstin musste die Anschauungen eines Mannes kennen, der in der Kammer unter den fünfzehn oder zwanzig Leuten saß, die die legitimistische Partei vertraten; sie fand Gelegenheit, ihm zu erzählen, wie sie de Marsay an der Nase herumgeführt hatte; dann lenkte sie Daniels Aufmerksamkeit durch einen Übergang, den ihr die Ergebenheit des Fürsten von Cadignan für die königliche Familie und für Madame lieferte, auf den Fürsten.

»Er hat wenigstens das eine für sich, dass er seine Herren liebt und ihnen ergeben ist«, sagte sie. »Sein öffentlicher Charakter tröstet mich über all die Leiden hinweg, die mir sein privater Charakter bereitet hat. Denn«, fuhr sie fort, indem sie den Fürsten geschickt fallen ließ, »haben Sie noch nicht bemerkt, Sie, der Sie alles wissen, dass die Männer zwei Charaktere haben? Sie haben den einen für ihr Heim, für ihre Frauen, für ihr geheimes Leben, und das ist der wahre; da gibt es keine Maske mehr, keine Verstellung; da machen sie sich nicht die Mühe, zu lügen; sie sind, was sie sind, und oft sind sie grauenhaft. Die Welt aber, die andern, die Salons, der Hof, der Herrscher und die Politik sehen sie als groß, edel und adlig, in ihrem mit Tugenden bestickten Kostüm, mit schönen Worten geziert und ausgestattet mit ausgezeichneten Eigenschaften. Was für eine grauenhafte Komik! Und man erstaunt bisweilen über das Lächeln gewisser Frauen, über ihr überlegenes Wesen ihren Männern gegenüber, über ihre Gleichgültigkeit!...«

Sie ließ ihre Hand, ohne den Satz zu beenden, an der Lehne ihres Sessels entlang hinunterfallen, und diese Geste ergänzte ihre Worte wundervoll. Da sie sah, dass d'Arthez damit beschäftigt war, ihre biegsame Gestalt zu beobachten, die sich so hübsch in ihren weichen Sessel schmiegte, dass er das Spiel ihres Kleides und die eingekrausten Fältchen über dem Schnürleib betrachtete, die den Frauen nur stehen, wenn sie schlank genug sind, so nahm sie den Faden ihrer Gedanken wieder auf, als spräche sie mit sich selber: »Ich fahre nicht fort. Es ist Ihnen, den Schriftstellern, glücklich gelungen, die Frauen lächerlich zu machen, die sich als verkannt ausgeben, die unglücklich verheiratet sind, die sich dramatisch und interessant machen, und mir scheint dies Gebaren auch wirklich im höchsten Grade bürgerlich zu sein. Man beugt sich, und damit gut; oder man leistet Widerstand und amüsiert sich. In beiden Fällen muss man schweigen. Freilich habe ich mich weder ganz zu beugen, noch ganz Widerstand zu leisten gewusst; aber vielleicht war das nur ein um so ernsterer Grund, Schweigen zu bewahren. Welche Dummheit von den Frauen, sich zu beklagen! Wenn sie nicht die Stärkeren geblieben sind, so hat es ihnen an Geist, Takt, Feinheit gefehlt, und sie verdienen ihr Schicksal. Sind sie in Frankreich nicht Königinnen? Sie machen sich über Sie lustig, wie sie wollen, wann sie wollen und solange sie wollen.« Sie ließ in einer wundervollen Bewegung voll weiblicher Keckheit und spöttischer Lustigkeit ihre Riechdose tanzen. »Ich habe oft gehört, wie elende kleine Wesen bedauerten, dass sie Frauen wären; sie wollten Männer sein; ich habe sie stets nur voll Mitleid betrachtet«, sagte sie, indem sie fortfuhr. »Wenn ich zu wählen hätte, so würde ich noch heute vorziehen, Frau zu sein. Welch ein Vergnügen, seine Triumphe der Macht und all den Kräften zu verdanken, die uns die von Ihnen erlassenen Gesetze geben! Aber wenn wir Sie zu unsern Füßen sehen, wenn Sie Dummheiten reden und begehen, ist es dann nicht wieder ein berauschendes Glück, in sich die triumphierende

Schwäche zu fühlen? Wenn wir Erfolg haben, müssen wir also Schweigen bewahren, bei Strafe, unsere Herrschaft einzubüßen. Und wenn die Frauen geschlagen werden, so müssen sie aus Stolz schwelgen. Das Schweigen des Sklaven beängstigt den Herrn.«

Dieses Geschwätz wurde mit einer so sanft spöttischen, so niedlichen Stimme und unter so koketten Kopfbewegungen vorgetragen, dass d'Arthez, dem diese Art der Frau ganz unbekannt war, wie das Rebhuhn dastand, das vom Jagdhund gestellt ist.

»Ich bitte Sie, gnädige Frau«, sagte er schließlich, »erklären Sie mir, wie ein Mann Ihnen hat Leiden verursachen können, und seien Sie überzeugt, dass Sie vornehm blieben, wo alle andern Frauen vulgär würden, wenn Sie auch nicht über die Dinge auf eine Art zu reden wüssten, die selbst ein Kochbuch interessant machen könnte.«

»Sie machen schnelle Fortschritte in der Freundschaft«, sagte sie in einem ernsten Ton, der d'Arthez nachdenklich und besorgt machte.

Das Thema wechselte, die Stunde rückte vor. Der arme geniale Mann ging voller Zerknirschung davon, weil er sich neugierig gezeigt und dieses Herz verletzt hatte; er glaubte, diese Frau habe über die Maßen gelitten. Sie hatte ihr Leben damit hingebracht, dass sie sich amüsierte; sie war ein echter weiblicher Don Juan gewesen, doch mit dem Unterschied, dass sie die Statue aus Stein nicht zum Nachtmahl eingeladen hatte; und sicherlich wäre sie auch mit der Statue fertig geworden.

Es ist nicht möglich, diese Erzählung weiterzuführen, ohne ein Wort über den Fürsten von Cadignan zu sagen, der unter dem Namen des Herzogs von Maufrigneuse besser bekannt ist; sonst büßten die wunderbaren Erfindungen der Fürstin ihre Würze ein, und Fremde würden nichts mehr von der furchtbaren pariserischen Komödie verstehen, die sie um eines Mannes willen spielte. Der Herr Herzog von Maufrigneuse ist als echter Sohn des Fürsten von Cadignan ein langer und dürrer Mann von den elegantesten Formen, ein Mann voller Liebenswürdigkeit, der reizende Dinge sagt; er wurde Oberst von Gottes Gnaden, und durch einen Zufall ein guter Offizier; im Übrigen ist er tapfer wie ein Pole, und er verbirgt die Leere seines Kopfes unter der Redeweise des Heeres. Schon mit sechsunddreißig Jahren zeigte er dem schönen Geschlecht gezwungenermaßen dieselbe Gleichgültigkeit wie der König Karl X., sein Herr; er wurde gleich seinem Herrn dafür bestraft, dass er in seiner Jugend gleich ihm zu sehr gefallen hatte. Achtzehn Jahre lang war er der Abgott des Faubourg Saint-Germain gewesen und hatte wie alle Söhne großer Häuser ein Leben der Zerstreuung geführt, das einzig von Genüssen ausgefüllt wurde. Sein Vater, den die Revolution ruiniert hatte, hatte bei der Rückkehr der Bourbonen auch sein Amt, die Verwaltung eines königlichen Schlosses, seine fürstlichen Ehrenbezeigungen und seine Pensionen zurückerhalten; aber dieses künstliche Vermögen verzehrte der alte Fürst ganz allein, denn er blieb der große Herr, der er vor der Revolution gewesen war; und als die Indemnitätsakte kam, wurden also die Summen, die er erhielt, durch den Luxus verschlungen, den er in seinem ungeheuren Hause entfaltete, dem einzigen Immobilienbesitz, den er noch vorfand und dessen größeren Teil seine Schwiegertochter innehatte.

Der Fürst von Cadignan starb einige Zeit vor der Julirevolution im Alter von siebenundachtzig Jahren. Er hatte seine Frau ruiniert und stand lange mit dem Herzog von Navarreins auf gespanntem Fuße; dieser Herzog hatte in erster Ehe seine Tochter zur Frau gehabt, und er leistete ihm nur unter Schwierigkeiten seine Abrechnungen. Der Herzog von Maufrigneuse hatte zu der Herzogin von Uxelles in Beziehungen gestanden. Als Herr von Maufrigneuse gegen 1814 sechsunddreißig Jahre alt wurde, gab die Herzogin ihm, da er arm war, sich aber mit dem Hofe gut stand, ihre Tochter zur Frau, die etwa fünfzig- oder sechzigtausend Franken Rente hatte, nicht zu zählen, was sie von ihr selber erwarten konnte. So wurde Fräulein d'Uxelles Herzogin, und ihre Mutter wusste, dass sie sich wahrscheinlich der größten Freiheit erfreuen würde. Nachdem der Herzog das unverhoffte Glück erlebt hatte, dass er einen Erben erhielt, ließ er seiner Frau vollkommene Bewegungsfreiheit und zog von Garnison zu Garnison, um sich zu amüsieren, indem er nur den Winter in Paris verbrachte und Schulden machte, die sein Vater stets bezahlte. Er bekannte sich in ehelichen Dingen zur größten Nachsicht und warnte die Herzogin stets acht Tage vor seiner Rückkehr nach Paris. Er wurde von seinem Regiment angebetet und vom Dauphin geliebt; er war ein gewandter Hofmann, spielte ein wenig und war im Übrigen frei von jeder Ziererei; nie konnte die Herzogin ihn dazu überreden, dass er sich wenigstens um des Scheines willen und aus Rücksicht auf sie, wie sie scherzend sagte, ein Mädchen von der Oper nähme. Der Herzog, der die Anwartschaft auf das Amt seines Vaters hatte, wusste sich bei beiden Königen, bei Ludwig XVIII. und Karl X., beliebt zu machen, was beweist, dass er seine Nichtigkeit recht gut ausnutzte; aber dieses Verhalten und dieses Leben, das alles war vom schönsten Firnis überdeckt. Sprache, Adel der Formen und Haltung waren vollkommen; selbst die Liberalen liebten ihn. Es war ihm nicht möglich, die Überlieferung der Cadignans hochzuhalten, die nach dem alten Fürsten dafür bekannt waren, dass sie ihre Frauen ruinierten, denn die Herzogin verzehrte ihr Vermögen allein. Diese Einzelheiten wurden in der Welt des Hofes und im Faubourg Saint-Germain so bekannt, dass man sich während der letzten fünf Jahre der Restauration über den, der darüber hätte sprechen wollen, genau so lustig gemacht hätte, wie wenn er hätte vom Tode Turennes oder Heinrichs IV. reden wollen. Keine Frau sprach von diesem reizenden Herzog, ohne sein Lob zu singen. Er hatte sich seiner Frau gegenüber vollendet benommen; es war schwer für einen Mann, seiner Frau so viel Güte zu bezeigen, wie Maufrigneuse der Herzogin bezeigte; er hatte sie frei über ihr Vermögen verfügen lassen und hatte sie bei jeder Gelegenheit verteidigt und gestützt... Sei es Stolz, sei es Güte, sei es Ritterlichkeit, gewiss ist, dass Herr von Maufrigneuse die Herzogin oftmals unter Umständen gerettet hatte, wo jede andere Frau zugrunde gegangen wäre; und das trotz ihrer Umgebung, trotz des Ansehens der alten Herzogin von Uxelles, des Herzogs von Navarreins, ihres Schwiegervaters und der Tante ihres Gatten. Heute gilt der Fürst von Cadignan als einer der schönsten Charaktere der Aristokratie. Vielleicht ist die Treue in der Not einer der schönsten Siege, die ein Höfling über sich selber davontragen kann. Die Herzogin von Uxelles war fünfundvierzig Jahre alt, als sie ihre Tochter mit dem Herzog von Maufrigneuse verheiratete; sie sah also seit Langem ohne Eifersucht, ja mit Interesse den Erfolgen ihres einstigen Freundes zu. Im Augenblick der Heirat ihrer Tochter und des Herzogs zeigte ihr Verhalten einen Adel, der die Unmoral dieser Verbindung vor Angriffen rettete. Trotzdem fand die Bosheit der Leute vom Hofe Ursache zu spötteln, indem man behauptete, dieses schöne Verhalten koste der Herzogin nicht viel, obwohl sie sich ungefähr seit fünf Jahren der Frömmigkeit und der Reue jener Frauen ergeben hatte, die für vieles der Verzeihung bedürfen.

Seit mehreren Tagen zeichnete die Fürstin sich immer mehr durch ihre Kenntnisse in der Literatur aus. Sie ging dank täglicher und nächtlicher Lektüre, die sie mit einer höchsten Lobes würdigen Unerschrockenheit verfolgte, in größter Kühnheit an die schwierigsten Fragen. D'Arthez war verblüfft; er konnte nicht argwöhnen, dass Diana d'Uxelles abends repetierte, was sie morgens gelesen hatte, wie es viele Schriftsteller tun; und also hielt er sie für eine ganz überlegene Frau. Solche Unterhaltungen lenkten Diana vom Ziel ab, und sie versuchte, wieder auf das Gelände der vertraulichen Mitteilungen zu kommen, aus dem er sich vorsichtig zurückgezogen hatte; aber es wurde ihr nicht leicht, einen Mann von seiner Art dorthin zurückzuleiten, nachdem er einmal scheu geworden war. Immerhin wurde d'Arthez nach einem Monat literarischer Feldzüge und schöner platonischer Reden kühner und kam jeden Tag um drei Uhr. Um sechs Uhr zog er sich zurück; und abends um neun Uhr erschien er nochmals, um dann mit der Regelmäßigkeit eines ungeduldigen Liebhabers bis Mitternacht oder ein Uhr morgens zu bleiben. Die Fürstin war um die Stunde, um die d'Arthez sich einstellte, stets mehr oder minder sorgfältig gekleidet. Diese gegenseitige Treue, die Mühe, die sie sich umeinander machten – all das sprach von Empfindungen, die sie sich nicht einzugestehen wagten; denn die Fürstin erriet wundervoll, dass dieses große Kind vor einer Aussprache Angst hatte im gleichen Maße, wie sie selbst Lust zu einer solchen hatte. Nichtsdestoweniger legte d'Arthez in seine beständigen stummen Erklärungen eine Achtung hinein, die der Fürstin unendlich gefiel. Beide fühlten sich von Tag zu Tag um so enger verbunden, als sie im Gang ihrer Gedanken nichts Ausgemachtes oder bestimmt Erklärtes fesselte, wie wenn zwischen zwei Liebenden auf der einen Seite formelle Forderungen stehen und auf der andern eine aufrichtige oder kokette Verteidigung. Gleich allen jungen Leuten, die jünger sind, als sie nach ihren Jahren sein könnten, wurde d'Arthez von jener aufregenden Unentschlossenheit gequält, die von der Macht des Verlangens und der Angst davor, zu missfallen, erzeugt wird, eine Lage, von der eine junge Frau nichts versteht, wenn sie sie teilt, die aber die Fürstin zu oft geschaffen hatte, um ihre Genüsse nicht auszukosten. Daher freute sich Diana dieser köstlichen Kindereien auch um so mehr, als sie genau wusste, wie sie ihnen ein Ende machen konnte. Sie glich einem großen Künstler, der sich in den unbestimmten Linien einer Skizze gefällt, weil er gewiss ist, in einer inspirierten Stunde das noch in den Windeln der Kindheit schwebende Kunstwerk vollenden zu können. Wie oft gefiel sie sich nicht, wenn sie sah, dass d'Arthez bereit war, einen Schritt vorwärts zu tun, darin, ihn durch eine imposante Miene zurückzuhalten! Sie wies die heimlichen Stürme dieses jungen Herzens mit einem Blick ab, weckte sie wieder und beruhigte sie, indem sie ihm die Hand zum Kuss reichte oder mit bewegter und gerührter Stimme bedeutungslose Worte sagte. Dieser kühl überlegte, aber göttlich gespielte Kunstgriff grub ihr Bild immer tiefer in die Seele dieses geistvollen Schriftstellers ein, den sie an ihrer Seite gern zum Kinde machte, zu einem vertrauenden, schlichten und beinahe einfältigem Kinde; aber bisweilen hielt sie auch in sich selber Einkehr, und dann war es ihr nicht möglich, das Gemisch von so viel Größe und so viel Unschuld nicht zu bewundern. Das Spiel der großen Kokette fesselte sie unvermerkt selber an ihren Sklaven. Endlich aber wurde Diana diesem verliebten Epiktet gegenüber ungeduldig; und als sie glaubte, ihn zur vollkommensten Gläubigkeit vorbereitet zu haben, schickte sie sich an, ihm die dichteste Binde vor die Augen zu legen.

Eines Abends fand Daniel die Fürstin nachdenklich; sie hatte einen Ellbogen auf einen kleinen Tisch gestützt, und ihr schöner Blondkopf wurde von der Lampe mit Licht übergossen; sie spielte mit einem Brief, den sie auf dem Tischläufer tanzen ließ. Als d'Arthez dieses Papier gesehen haben musste, faltete sie es schließlich zusammen und steckte es in den Gürtel. »Was haben Sie?«, fragte d'Arthez; »Sie scheinen unruhig zu sein?«

»Ich habe einen Brief von Herrn von Cadignan erhalten«, erwiderte sie. »So schweres Unrecht er mir auch angetan hat, so dachte ich doch, als ich seinen Brief gelesen hatte, daran, dass er verbannt und ohne Familie ist und seinen Sohn, den er liebt, nicht bei sich hat.«

Diese Worte, die mit seelenvoller Stimme gesprochen wurden, verrieten engelhafte Empfindsamkeit. D'Arthez war bis ins tiefste gerührt. Die Neugier des Liebhabers wurde sozusagen zu einer fast psychologischen und literarischen Neugier. Er wollte wissen, wie groß diese Frau war, auf welche Beschimpfungen ihr Verzeihen sich erstreckte und wie die Frauen der Gesellschaft, die man der Frivolität, der Herzenshärte und des Egoismus bezichtigte, Engel sein konnten. Da er sich entsann, schon einmal abgewiesen worden zu sein, als er dieses himmlische Herz hatte kennenlernen wollen, trat ihm gleichsam ein Zittern in die Stimme, während er die durchsichtige, schmächtige Hand Dianas mit den spindelförmig zulaufenden Fingern ergriff und zu ihr sprach: »Sind wir jetzt befreundet genug, damit Sie mir sagen, was Sie gelitten haben? Ihr einstiger Kummer kann an dieser Gedankenversunkenheit nicht unbeteiligt sein.«

»Ja«, sagte sie, und diese Silbe klang wie der süßeste Ton, den jemals eine Flöte hingehaucht hat.

Sie sank in ihre Träumerei zurück, und ihre Augen verschleierten sich. Daniel blieb, von der Feierlichkeit des Augenblicks durchdrungen, in angstvoller Erwartung stehen. Seine Dichterfantasie zeigte ihm gleichsam Wolken, die langsam zergingen, indem sie ihm das Heiligtum enthüllten, darin er zu Gottes Füßen das gesegnete Lamm erblicken sollte.

»Nun?...«, sagte er mit sanfter und ruhiger Stimme.

Diana blickte den zärtlichen Ritter an; dann senkte sie langsam die Augen und ließ in einer Bewegung, die die edelste Scham verriet, die Lider sinken. Nur ein Ungeheuer hätte in der anmutigen Wellenbewegung, mit der die boshafte Fürstin den hübschen kleinen Kopf wieder hob, um noch einen Blick in die gierigen Augen dieses großen Mannes zu tauchen, Heuchelei zu sehen vermocht.

»Kann ich es? Darf ich es?«, sagte sie, indem sie eine Bewegung des Zögerns machte und d'Arthez mit dem wundervollsten Ausdruck träumerischer Zärtlichkeit ansah. »Die Männer haben in solchen Dingen so wenig Gewissen! Sie halten sich so wenig für verpflichtet, zu schweigen.«

»Oh, wenn Sie mir misstrauen, wozu bin ich dann hier?«, rief d'Arthez.

»Ach, mein Freund«, erwiderte sie, indem sie seinen Ausruf als unwillkürliches Geständnis gelten ließ, »wenn eine Frau sich für ihr Leben bindet, rechnet sie da? Es handelt sich nicht um meine Weigerung – was kann ich Ihnen verweigern? – sondern um die Vorstellung, die Sie von mir haben werden, wenn ich rede. Ich will Ihnen gern anvertrauen, in welcher seltsamen Lage ich mich in meinem Alter sehe; aber was würden Sie von einer Frau denken, die die geheimsten Wunden der Ehe aufdeckte, die die Geheimnisse eines anderen verriete? Turenne hielt auch den Dieben sein Wort; bin ich nicht meinen Henkern die Redlichkeit Turennes schuldig?«

»Haben Sie irgendjemandem Ihr Wort gegeben?«

»Herr von Cadignan hielt es nicht für nötig, Verschwiegenheit von mir zu verlangen. Wollen Sie denn mehr von mir als meine Seele? Tyrann! Sie wollen also, dass ich meine Redlichkeit in Ihnen begrabe?«, sagte sie, indem sie einen Blick auf d'Arthez warf, durch den sie dieser falschen Vertraulichkeit mehr Wert verlieh als ihrem ganzen Ich.

»Sie machen einen gar zu gewöhnlichen Mann aus mir, wenn Sie von mir das geringste Übel fürchten«, sagte er mit schlecht verhehlter Bitterkeit.

»Verzeihung, mein Freund«, erwiderte sie, indem sie seine Hand ergriff, betrachtete, in ihre Hände nahm und streichelte: Sie ließ ihre Finger mit einer Bewegung der größten Sanftheit über sie hingleiten. »Ich weiß, was Sie wert sind. Sie haben mir Ihr ganzes Leben erzählt; es ist edel, es ist schön, es ist erhaben, es ist Ihres Namens würdig; vielleicht bin ich Ihnen dafür auch meines schuldig? Aber ich fürchte in diesem Augenblick, in Ihren Augen zusammenzusinken, wenn ich Ihnen Geheimnisse erzähle, die nicht mir allein gehören. Und dann werden Sie, ein Mann der Einsamkeit und der Poesie, vielleicht nicht einmal an die Gräuel der Welt glauben können. Ach, Sie wissen nicht, wenn Sie Ihre Dramen erfinden, dass sie durch jene übertroffen werden, die sich im Schoße der scheinbar einigsten Familien abspielen. Sie kennen die Tragweite manches vergoldeten Unglücks nicht.«

»Ich weiß alles«, rief er aus.

»Nein«, erwiderte sie; »Sie wissen nichts. Darf eine Tochter jemals ihre Mutter preisgeben?«

Als d'Arthez dieses Wort vernahm, glich er einem Manne, der sich in schwarzer Nacht in den Alpen verirrt und der beim ersten Morgenlicht erkennt, dass er über einem bodenlosen Abgrund steht. Er sah die Fürstin mit stumpfem Blick an; es lief ihm kalt den Rücken hinunter. Diana glaubte einen Augenblick, dieser geniale Mann sei ein schwacher Geist, aber sie erkannte in seinen Augen einen Glanz, der sie beruhigte.

»Kurz, Sie sind für mich fast zum Richter geworden«, sagte sie mit dem Ausdruck der Verzweiflung. »Kraft des Rechtes, das jedes verleumdete Wesen hat, sich in seiner Unschuld zu zeigen, darf ich reden. Man hat mich so großer Leichtfertigkeit, so vieler schlimmen Dinge angeklagt, und man klagt mich ihrer noch heute an – soweit man sich der armen Eremitin entsinnt, die durch die Welt gezwungen wurde, aus eben der Welt zu scheiden – dass es mir wohl erlaubt sein kann, mir in dem Herzen, in dem ich eine Zuflucht finde, eine Stellung zu verschaffen, aus der ich nicht zu verjagen bin. Ich habe in der Rechtfertigung stets einen starken Eingriff in das Recht der Unschuld erblickt, und deshalb habe ich es auch stets verschmäht, zu reden. Und an wen sollte ich auch wohl das Wort richten? So grausame Dinge darf man nur Gott anvertrauen oder jemandem, der ihm nahezustehen scheint, einem Priester zum Beispiel, oder schließlich einem andern Selbst. Nun, wenn meine Geheimnisse dort ...«, und sie legte d'Arthez ihre Hand aufs Herz, »nicht, ebenso gut aufgehoben sind, wie sie es hier waren ...«, und sie bog mit der Spitze ihrer Finger den Rand ihrer Schnürbrust nach innen, »dann sind Sie nicht der große d'Arthez, dann bin ich getäuscht worden.«

Eine Träne trat d'Arthez in die Augen, und Diana verschlang diese Träne mit einem Seitenblick, bei dem sie weder die Wimper noch den Augapfel bewegte. Der Blick war gewandt und scharf wie die Bewegung einer Katze, die eine Maus fängt. D'Arthez wagte seit sechzig Tagen voller Vorreden endlich, ihre linde, duftende Hand zu ergreifen; er führte sie an die Lippen und drückte einen langen Kuss darauf, den er in so zarter Wollust vom Handgelenk bis zu den Nägeln gleiten ließ, dass die Fürstin den Kopf senkte und sich sehr viel von der Literatur versprach. Sie sagte sich, die genialen Leute müssten viel vollkommener lieben als die Gecken, die Leute der Gesellschaft, die Diplomaten und selbst die Offiziere, die gleichwohl sonst nichts zu tun haben. Sie war Kennerin und wusste, dass der für die Liebe begabte Charakter sich gewissermaßen in einem Nichts verrät. Eine wissende Frau kann ihre Zukunft in einer einfachen Geste lesen, so wie Cuvier, wenn er einen Bruchteil einer Tatze sah, sagen konnte: »Dieser Knochen gehört einem Tier von der und der Größe, einem Tier mit oder ohne Hörner, einem Fleischfresser, einem Pflanzenfresser, einer Amphibie usw. an, die vor so und so viel tausend Jahren gelebt haben.« Da sie überzeugt war, bei d'Arthez in der Liebe ebenso viel Fantasie zu finden, wie er in seinen Stil hineinlegte, so hielt sie es für nötig, ihn bis zum höchsten Grade der Leidenschaft und des Glaubens zu treiben. Sie zog ihre Hand mit einer wundervollen Geste voller Erregung zurück. Hätte sie gesagt: »Hören Sie auf, Sie töten mich!«, so hätte sie weniger deutlich gesprochen. Einen Augenblick ließ sie ihre Augen in Daniels Augen ruhen, und sie drückten zugleich Glück, Prüderie, Furcht, Vertrauen, Schmachten, unbestimmtes Verlangen und jungfräuliche Scham aus. Jetzt war sie wirklich erst zwanzig Jahre alt! Aber man bedenke auch, dass sie sich auf diese Stunde der lächerlichen Lüge mit einer unerhörten Toilettekunst vorbereitet hatte; sie lag in ihrem Sessel gleich einer Blume, die beim ersten Kuss der Sonne aufblühen soll. Ob sie nun trog oder wahr blieb, sie berauschte Daniel.

Wenn es erlaubt ist, hier eine persönliche Ansicht einzuflechten, so will ich gestehen, dass es köstlich wäre, lange so getäuscht zu werden. Sicherlich hat Talma auf der Bühne die Natur oft übertroffen. Aber ist nicht die Fürstin von Cadignan die größte Schauspielerin unserer Zeit? Dieser Frau fehlt nur ein aufmerksames Parkett. Zum Unglück verschwinden die Frauen in Zeiten, die von politischen Stürmen aufgepeitscht werden, gleich den Wasserlilien, die, um zu blühen und sich vor unsern entzückten Augen auszubreiten, einen klaren Himmel und die lauesten Westwinde nötig haben.

Die Stunde war gekommen; Diana stand im Begriff, den großen Mann in die unentwirrbaren Schlingen eines von langer Hand vorbereiteten Romans zu verwickeln, dem er lauschen musste, wie in den schönsten Tagen des christlichen Glaubens ein Neubekehrter der Predigt eines Apostels lauschte. »Lieber Freund, meine Mutter, die noch heute zu Uxelles lebt, hat mich 1814 in meinem siebzehnten Jahre – Sie sehen, ich bin schon recht alt – mit Herrn von Maufrigneuse verheiratet; und zwar nicht, weil sie mich, sondern weil sie ihn liebte. Sie vergalt dem einzigen Manne, den sie geliebt hatte, alles Glück, das sie von ihm empfangen hatte. Oh, wundern Sie sich nicht weiter über dieses grauenhafte Auskunftsmittel; es wird oft benutzt. Viele Frauen sind bessere Liebhaberinnen als Mütter, wie die meisten bessere Mütter als Gattinnen sind. Diese beiden Empfindungen, die Liebe und die Mütterlichkeit, bekämpfen sich oft, wie sie nun einmal durch unsere Sitten entwickelt worden sind, im Herzen der Frauen; eine von beiden muss notwendig erliegen, wenn sie nicht an Kraft gleich sind; wo sie es sind, bilden einige Ausnahmefrauen den Ruhm unseres Geschlechts. Ein Mann von Ihrem Genie muss diese Dinge verstehen, die das Staunen der Dummköpfe bilden, die aber darum nicht minder wahr sind; ja, ich gehe noch weiter, sie lassen sich sogar durch die Unterschiede in den Charakteren, den Temperamenten, den Verbindungen und Lagen rechtfertigen. Ich zum Beispiel, wäre ich nicht nach zwanzig Jahren des Unglücks, der Enttäuschung, der Verleumdung, lastender Langeweile und hohlen Vergnügens in diesem Augenblick bereit, mich einem Manne, der mich aufrichtig und für immer lieben wollte, zu Füßen zu werfen? Nun, und würde ich nicht von der Welt verurteilt werden? Und wären nicht trotzdem zwanzig Jahre der Leiden eine Entschuldigung dafür, dass ich die zwölf Jahre der Schönheit, die ich noch vor mir habe, einer heiligen und reinen Liebe schenke? Es wird nicht sein, ich bin nicht dumm genug, um mein Verdienst in Gottes Augen zu mindern. Ich habe die Last des Tages und der Hitze bis zum Abend getragen, ich werde meinen Tag zu Ende leben und habe meinen Lohn verdient ...«

»Welch ein Engel!«, dachte d'Arthez.

»Kurz, ich habe der Herzogin von Uxelles niemals gegrollt, weil sie Herrn von Maufrigneuse mehr geliebt hat als diese arme Diana hier. Meine Mutter hatte mich sehr wenig gesehen, sie hatte mich vergessen; aber sie hat sich mir gegenüber schlecht verhalten, einfach als Frau der

Frau gegenüber; und was zwischen Frau und Frau schon schlecht ist, wird grauenhaft zwischen Mutter und Tochter. Die Mütter, die ein Leben gleich dem der Herzogin von Uxelles führen, halten sich selber ihre Töchter fern; und also bin ich vierzehn Tage vor meiner Heirat in die Welt eingetreten. Denken Sie sich meine Unschuld! Ich wusste nichts, ich war nicht imstande, das Geheimnis dieser Verbindung zu durchschauen. Ich hatte ein schönes Vermögen: sechzigtausend Franken Rente in Wäldern, die die Revolution zu verkaufen vergessen hatte, unten in der Gegend von Nevers, oder die sie nicht hatte verkaufen können; sie gehörten zu dem schönen Schloss von Anzy. Herr von Maufrigneuse hatte so viel Schulden wie ein Sieb Löcher. Wenn ich auch später erfahren habe, was es heißt, Schulden zu haben, so wusste ich damals zu wenig vom Leben, um es zu ahnen. Die Ersparnisse, die sich aus meinem Vermögen ergeben hatten, dienten dazu, die Lage meines Gatten ins Gleichgewicht zu bringen. Herr von Maufrigneuse war achtunddreißig Jahre alt, als ich ihn heiratete; aber diese Jahre glichen den Kriegsjahren der Offiziere, sie zählten doppelt. Ach, er war mehr als sechsundsiebzig Jahre alt. Meine Mutter stellte mit vierzig Jahren noch Ansprüche, und ich stand zwischen einer doppelten Eifersucht. Was für ein Leben habe ich zehn Jahre lang geführt! ... Ach, wenn man wüsste, was diese arme, kleine, so viel beargwöhnte Frau gelitten hat! Von einer Mutter bewacht zu werden, die auf ihre Tochter eifersüchtig ist! Gott! ... Sie, der Sie Dramen schreiben, Sie werden niemals eins erfinden, das so schwarz und grausam ist wie dieses! Nach dem Wenigen, was ich von der Literatur verstehe, ist ein Drama in der Regel eine Folge von Ereignissen, Reden und Handlungen, die alle auf eine Katastrophe zueilen; aber in dem, wovon ich rede, ist die grauenhafteste Katastrophe zu dauerndem Leben geworden! Es ist, als wäre morgens eine Lawine über Sie hinübergegangen und als käme sie abends wieder und müsste am folgenden Tage zum dritten Mal stürzen. Mich friert, während ich mit Ihnen rede und während ich in die kalte und düstere Höhle ohne Ausgang hineinleuchte, in der ich gelebt habe. Wenn ich Ihnen alles sagen muss – die Geburt meines Kindes, das übrigens mein zweites Ich ist... Seine Ähnlichkeit mit mir wird Ihnen aufgefallen sein? Er hat mein Haar, meine Augen, den Schnitt meines Gesichts, meinen Mund, mein Lächeln, mein Kinn, meine Zähne... Nun, seine Geburt ist ein Zufall oder das Ergebnis einer Vereinbarung zwischen meiner Mutter und meinem Gatten. Ich bin noch lange nach meiner Hochzeit Mädchen geblieben; ich wurde gleichsam am Tage darauf verlassen; ich war Mutter, ohne Frau zu sein. Die Herzogin gefiel sich darin, meine Unwissenheit zu verlängern; und wenn eine Mutter dieses Ziel erreichen will, hat sie ihrer Tochter gegenüber grauenhafte Vorteile. Ich, die arme Kleine, die wie eine mystische Rose in einem Kloster aufgezogen worden war, ich wusste nichts von der Ehe; ich war spät entwickelt und fand mich sehr glücklich; ich freute mich des guten Einvernehmens und der Harmonie in unserer Familie. Endlich wurde ich von dem Gedanken an meinen Gatten – er gefiel mir nicht sehr und tat nichts, um sich liebenswürdig zu zeigen – durch die ersten Freuden der Mutterschaft vollkommen abgelenkt: Diese Freuden waren um so größer, als ich vom Dasein anderer nichts ahnte. Man hatte mir so oft in die Ohren gesungen, wie viel Achtung eine Mutter sich selber schulde! Und außerdem liebt es jedes junge Mädchen,»die Mama zu spielen«. In meinem damaligen Alter ersetzt ein Kind beinahe die Puppe. Ich war so stolz darauf, dass ich diese schöne Blume hatte – denn Georg war schön, er war ein Wunder! Wie sollte man an die Welt denken, wenn man das Glück hat, einen kleinen Engel zu nähren und zu pflegen? Ich bete die Kinder an, wenn sie ganz klein, weiß und rosig sind. Ich sah nur meinen Sohn, ich lebte mit meinem Sohn, ich duldete nicht, dass seine Bonne ihn an- und auszog oder ihn umlegte. Diese Sorgen, die für die Mütter so langweilig sind, wenn sie ganze Regimenter von Kindern haben, waren für mich nichts als ein Vergnügen. Aber nach drei oder vier Jahren drang endlich, trotz der Sorgfalt, mit der man mir die Augen verband, da ich nicht gerade dumm bin, das Licht bis zu mir durch. Sehen Sie mich beim Erwachen, vier Jahre darauf, 1819! ›Die beiden feindlichen Brüder‹ sind eine Rosenwassertragödie neben einer Mutter und einer Tochter in unserer gegenseitigen Lage, neben der Herzogin und mir; da forderte ich sie beide, meine Mutter und meinen Gatten, durch öffentliche Koketterien heraus, über die die Welt geredet hat... Gott weiß, wie es ging! Sie begreifen, mein Freund, dass die Männer, mit denen man mich der Leichtfertigkeit verdächtigte, für mich den Wert eines Dolches hatten, dessen man sich bedient, um einen Feind zu treffen. Ich dachte nur an meine Rache und fühlte die Wunden nicht, die ich mir selber schlug. Ich war unschuldig wie ein Kind, und ich galt als eine perverse Frau, als die schlechteste Frau der Welt, und wusste nichts davon. Die Welt ist dumm, blind und unwissend; sie durchschaut nur die Geheimnisse, die sie amüsieren, die ihrer Bosheit dienen; die größten Dinge, die edelsten, die will sie nicht sehen, und deshalb hält sie sich die Hand vor die Augen. Aber mir ist, als müsste ich um jene Zeit Blicke gezeigt haben, Haltungen empörter Unschuld, Bewegungen des Hochmuts, deren Anblick für große Maler Glücksfälle gewesen wären. Ich muss Bälle durch die Gewitter meines Zornes, durch die Gießbäche meiner Verachtung erleuchtet haben. Verlorene Poesie! Solche Gedichte macht man nur in der Entrüstung, die uns mit zwanzig Jahren packt! Später entrüstet man sich nicht mehr; da wird man müde; man erstaunt nicht mehr über das Laster, man ist feige, man hat Angst. Ich, ich trieb es bunt, oh, sehr bunt! Ich spielte die dümmste Rolle der Welt: Ich habe die Last des Verbrechens getragen, ohne seine Vorteile zu haben. Es machte mir so viel Vergnügen, mich zu kompromittieren. Ach, ich habe Kinderstreiche gespielt! Ich bin mit einem jungen Leichtfuß nach Italien gereist und habe ihn sitzen lassen, als er mir von Liebe sprach; aber als ich erfuhr, dass er sich um meinetwillen kompromittiert hatte – er hatte eine Fälschung begangen, um Geld zu bekommen – da eilte ich herbei, um ihn zu retten. Meine Mutter und mein Gatte, die das Geheimnis dieser Dinge kannten, hielten mich wie eine verlorene Frau am Zügel. Oh, dies eine Mal bin ich bis vor den König gegangen. Selbst Ludwig XVIII., dieser Mann ohne Herz, war gerührt, er gab mir hunderttausend Franken aus seiner Privatschatulle. Der Marquis d'Esgrignon, der junge Mann, dem Sie vielleicht in der Gesellschaft schon begegnet sind und der schließlich noch eine sehr reiche Partie gemacht hat, wurde durch mich aus dem Abgrund gerettet, in den er sich gestürzt hatte. Dieses Abenteuer, das die Folge meines Leichtsinns war, brachte mich zur Überlegung. Ich merkte, dass ich selber das Opfer meiner Rache wurde. Meine Mutter, mein Gatte, mein Schwiegervater hatten die Welt für sich, sie schienen meine Torheiten zu decken. Meine Mutter, die wusste, dass ich zu stolz, zu groß, zu sehr eine Uxelles war, um mich vulgär zu benehmen, erschrak endlich vor dem Unheil, das sie angerichtet hatte. Sie war zweiundfünfzig Jahre alt; sie verließ Paris und zog nach Uxelles. Sie bereut ihr Unrecht jetzt; sie sühnt es durch die übertriebenste Frömmigkeit und durch eine grenzenlose Liebe zu mir. Aber 1823 ließ sie mich Herrn von Maufrigneuse von Angesicht zu Angesicht gegenüber allein. Oh, mein Freund, Sie Männer können nicht wissen, was ein alter Mann ist, der sich der Frauengunst erfreut. Was für ein häusliches Leben musste der Mann führen, der an die Anbetung der Frauen der Gesellschaft gewöhnt war und der im Hause weder Weihrauch noch Räucherfass vorfand? Ein Mann, der völlig tot ist und eben deshalb eifersüchtig! Ich wollte, als Herr von Maufrigneuse mir allein gehörte – ich wollte da eine gute Frau werden; aber ich stieß mich an all den Rauheiten eines vergrämten Geistes, an all den Launen der Ohnmacht, an den Kindereien der Albernheit, an all den Eitelkeiten der Selbstgefälligkeit, an dem Manne, der die langweiligste Elegie der Welt war und der mich wie ein kleines Mädchen behandelte, der sich darin gefiel, bei jeder Gelegenheit meine Eigenliebe zu demütigen, mich mit den Schlägen seiner Erfahrung niederzuschmettern, mir zu beweisen, dass ich nichts wüsste. Er verletzte mich mit jedem Augenblick. Kurz, er tat alles, um sich meinen Abscheu zu erwerben und mir das Recht zu geben, dass ich ihn verriete; ich aber ließ mich von meinem guten Herzen und von dem Verlangen danach, Gutes zu tun, drei oder vier Jahre hindurch täuschen! Wissen Sie, welches gemeine Wort mich zu neuen Torheiten trieb? Werden Sie jemals den Inbegriff aller Verleumdungen der Welt erfinden können? ›Die Herzogin von Maufrigneuse‹, sagte man, ›ist wieder auf ihren Gatten zurückgekommen!‹ - ›Bah, aber nur aus Verderbtheit, es ist ein Triumph, die Toten zum Leben zu erwecken; etwas anderes blieb ihr ja nicht mehr übrig‹, erwiderte meine beste Freundin, eine Verwandte, bei der ich das Glück hatte, Ihnen zu begegnen.«

»Frau d'Espard!«, rief Daniel mit einer Bewegung des Grauens.

»Oh, ich habe ihr vergeben, mein Freund. Zunächst ist jenes Wort außerordentlich geistreich, und dann habe ich vielleicht selber grausamere Epigramme gegen arme Frauen geschleudert, die ebenso rein sind, wie ich es war.«

D'Arthez küsste noch einmal die Hand dieser heiligen Frau, die ihm erst eine in Stücke zerhackte Frau serviert und dann aus dem Fürsten von Cadignan, den wir kennen, einen dreifach wachsamen Othello gemacht hatte, um sich dann selber zu Brei zu schlagen und sich unrecht zu geben, damit sie sich in den Augen des naiven Schriftstellers mit jener Jungfräulichkeit decken konnte, die selbst die einfältigste Frau ihrem Liebhaber um jeden Preis aufzutischen sucht.

»Sie verstehen, mein Freund, dass ich mit Geräusch wieder in die Gesellschaft zurückkehre, um Geräusch zu machen. Ich habe da neue Kämpfe geführt; ich musste meine Unabhängigkeit erobern und Herrn von Maufrigneuse neutralisieren. Ich führte also aus andern Gründen ein Leben der Zerstreuung. Um mich zu betäuben, um das wirkliche Leben in einem fantastischen Leben zu vergessen, glänzte ich, gab Feste, spielte die Fürstin und machte Schulden. Zu Hause vergaß ich mich selber im Schlummer der Erschöpfung; für die Welt erstand ich von Neuem in Schönheit, Lustigkeit und Tollheit; aber in diesem traurigen

Kampf der Fantasie gegen die Wirklichkeit habe ich mein Vermögen verzehrt. Der Aufstand von 1830 fiel in den Augenblick, als ich am Ende dieses Daseins aus den Tausendundein Nächten der heiligen und reinen Liebe begegnete, die ich – ich bin offen! – kennen zu lernen wünschte. Geben Sie es zu! War das nicht natürlich bei einer Frau, deren Herz durch so viel Ursachen und Unglück bedrückt war und das in dem Alter erwachte, in dem die Frau sich betrogen fühlt, während ich mich doch zugleich von so viel Frauen umgeben sah, die durch die Liebe glücklich waren? Ach, weshalb hatte Michel Chrestien so viel Ehrfurcht? Darin lag für mich nochmals ein Hohn. Was wollen Sie! Als ich fiel, verlor ich alles, ich hatte über nichts mehr Illusionen; ich hatte alles ausgepresst, nur eine Frucht noch nicht, an der ich jetzt keinen Geschmack mehr finde und für die ich keine Zähne mehr habe. Kurz, ich hatte meine volle Enttäuschung in der Welt gefunden, als ich die Welt verlassen musste. Darin liegt etwas vom Wirken der Vorsehung, genau wie im Ersterben der Empfindung, das uns auf den Tod vorbereitet.« – Sie machte eine Geste voll religiöser Salbung. – »Alles musste mir damals helfen«, fuhr sie fort; »der Zusammenbruch der Monarchie und ihre Ruinen begruben mich mit. Mein Sohn tröstete mich über vieles hinweg. Die Mutterliebe ersetzt uns all die andern geheuchelten Empfindungen! Und die Welt wundert sich über meine Zurückgezogenheit; ich aber habe in ihr mein Glück gefunden. Oh, wenn Sie wüssten, wie glücklich hier das arme Geschöpf ist, das vor Ihnen sitzt! Indem ich meinem Sohne alles opfere, vergesse ich das Glück, das ich nicht kenne und das ich niemals kennenlernen werde. Wer würde es glauben, dass das Leben für die Fürstin von Cadignan aus einer argen Hochzeitsnacht besteht, und all die Abenteuer, die man ihr zuschreibt, aus der Herausforderung eines kleinen Mädchens an zwei furchtbare Leidenschaften? Niemand. Heute fürchte ich mich vor allem. Ohne Zweifel würde ich in der Erinnerung an so viel Falschheit und Unglück auch eine wahre Empfindung, irgendeine echte und reine Liebe zurückweisen, genau wie die Reichen, die von ein paar Schelmen geprellt worden sind, indem man ihnen das Elend vorheuchelte, auch tugendhaftes Unglück unbeachtet lassen, weil sie vor der Wohltätigkeit einen Abscheu bekommen haben. All das ist grauenhaft, nicht wahr? Aber glauben Sie mir, was ich Ihnen erzähle, das ist die Geschichte sehr vieler Frauen.«

Die letzten Worte wurden in einem Ton des Scherzes und der Leichtfertigkeit gesprochen, der an die elegante und spöttische Frau erinnerte. D'Arthez war verblüfft. In seinen Augen waren die Leute, die die Gerichte ins Bagno schicken, weil sie getötet, weil sie unter erschwerenden Umständen gestohlen, weil sie sich auf einem Wechsel in ihrem Namen geirrt haben, im Vergleich mit den Leuten der Gesellschaft kleine Heilige. Diese wilde Elegie, die geschmiedet war im Arsenal der Lüge und gehärtet in dem Wasser des Pariser Styx, war im unnachahmlichen Tonfall der Wahrheit hergesagt worden. Der Schriftsteller blickte die verehrungswürdige Frau einen Augenblick an, wie sie in ihrem Sessel versunken dasaß und wie ihre beiden Arme gleich zwei Tautropfen am Rande einer Blume über die beiden Armlehnen herabhingen; sie war gleichsam überwältigt von ihrer Enthüllung, gleichsam vernichtet dadurch, dass sie in der Erzählung alle Schmerzen ihres Lebens noch einmal empfunden hatte; kurz, sie war ein Engel der Melancholie.

»Und sagen Sie sich selbst«, fuhr sie fort, indem sie sich jäh aufrichtete, eine ihrer Hände hob und Blitze aus den Augen schleuderte, in denen zwanzig angeblich keusche Jahre flammten, »sagen Sie sich jetzt selbst, welchen Eindruck die Liebe Ihres Freundes auf mich machen musste; und ist es nicht ein grauenhafter Hohn des Schicksals ... oder vielleicht Gottes ... denn damals, das gebe ich zu, hätte mich ein Mann ... aber ein Mann, der meiner würdig gewesen wäre, schwach gefunden, so sehr dürstete ich nach dem Glück! Nun, er starb und musste sterben, indem er wem? ... Herrn von Cadignan das Leben rettete! Da erstaunen Sie jetzt, dass Sie mich in Gedanken versunken finden!«

Das war der letzte Hieb, und der arme d'Arthez widerstand nicht länger; er warf sich auf die Knie, drückte den Kopf in die Hände der Fürstin hinein und weinte, vergoss jene süßen Tränen, die die Engel vergießen würden, wenn die Engel weinen könnten. Als Daniel so den Kopf senkte, konnte Frau von Cadignan ein boshaftes Lächeln des Triumphes über ihre Lippen irren lassen, ein Lächeln, das die Affen bei einem überlegenen Streich zeigen würden, wenn die Affen lachen könnten. Jetzt habe ich ihn!, dachte sie. Und sie hatte ihn wirklich.

»Sie sind...«, sagte er, indem er seinen schönen Kopf hob und sie liebevoll ansah. »... Jungfrau und Märtyrerin«, beendete sie den Satz, indem sie über die Vulgarität dieses alten Scherzes lächelte und ihm doch durch dieses Lächeln voll grausamer Lustigkeit einen neuen, reizenden Sinn gab. »Wenn Sie mich lachen sehen, so liegt es daran, dass ich an die Fürstin denke, wie die Welt sie kennt, an jene Herzogin von Maufrigneuse, der man sowohl de Marsay wie den ehrlosen de Trailles – einen politischen Strauchdieb – den kleinen Dummkopf d'Esgrignon und Rastignac, Rubempré und russische Gesandte und Minister und

Generale zu eigen gibt und – was weiß ich – ganz Europa! Man hat über dieses Album geredet, das ich habe machen lassen, weil ich glaubte, die, die mich bewunderten, wären meine Freunde. Ach, es ist furchtbar. Ich verstehe nicht, dass ich einen Mann zu meinen Füßen dulde. Sie alle verachten, das sollte meine Religion sein.«

Sie stand auf und trat mit einem Schritt voll prunkvoller Beweggründe in die Nische des Fensters. D'Arthez setzte sich wieder in seinen Sessel, denn er wagte der Fürstin nicht zu folgen, aber er blickte ihr nach; er hörte, wie sie tat, als schnäuze sie sich, ohne sich zu schnäuzen. Wo wäre die Fürstin, die sich schnäuzte? Diana versuchte das Unmögliche, um den Glauben an ihre Empfindung zu wecken. D'Arthez glaubte, sein Engel schwimme in Tränen; er eilte herbei, umfasste sie und drückte sie an das Herz. »Nein, lassen Sie mich«, murmelte sie mit schwacher Stimme; »ich habe zu viel Zweifel, um noch zu irgendetwas gut zu sein. Mich mit dem Leben zu versöhnen, das ist eine Aufgabe, die die Kräfte eines Mannes übersteigt.«

»Diana, ich, ich werde Sie für Ihr ganzes Leben lieben!«

»Nein, reden Sie nicht so zu mir«, erwiderte sie. »Ich schäme mich und zittere, als hätte ich die größten Sünden begangen.«

Sie war wieder ganz zur Unschuld der kleinen Mädchen zurückgekehrt und zeigte sich nichtsdestoweniger erhaben, groß, edel wie eine Königin. Es ist unmöglich, die Wirkung dieses Kunstgriffes, der so geschickt gespielt wurde, dass er zur reinen Wahrheit wurde, – die Wirkung dieses Kunstgriffes auf eine unerfahrene und offene Seele wie die Daniels zu schildern. Der große Schriftsteller stand vor Bewunderung stumm und reglos in der Fensternische da; er erwartete ein Wort, während die Fürstin einen Kuss erwartete; aber sie war ihm zu heilig. Als die Fürstin zu frieren begann, nahm sie ihre Pose auf dem Sessel wieder ein; ihre Füße waren eiskalt. Es wird lange dauern!, dachte sie, indem sie Daniel mit erhobener Stirn und einem Gesicht voll Tugend ansah. Ist das eine Frau?, fragte sich der tiefe Beobachter des Menschenherzens. Wie soll ich mich ihr gegenüber verhalten?

Bis zwei Uhr morgens vertrieben sie sich die Zeit damit, dass sie sich jene Dummheiten sagten, wie geniale Frauen – und die Fürstin ist eine geniale Frau – sie so anbetungswürdig zu machen wissen. Diana behauptete, sie sei zu verbraucht, zu alt, zu verlebt; d'Arthez bewies ihr – wovon sie überzeugt war – dass sie die zarteste Haut hätte; sie sei köstlich anzufassen, sie sei schneeweiß und duftend; sie selber aber sei ganz und gar noch jung und stehe in ihrer Blüte. Sie stritten über jede einzelne Schönheit, über jede Kleinigkeit, und zwar in Wendungen wie: »Glauben Sie?« - »Sie sind wahnsinnig!« - »Das ist nur die Begierde!« - »In vierzehn Tagen werden Sie mich sehen, wie ich bin.« - »Kurz, ich bin bald vierzig; kann man eine so alte Frau noch lieben?«

D'Arthez ließ eine stürmische Schülerberedsamkeit spielen, die gespickt war mit den übertriebensten Beiworten. Als die Fürstin hörte, wie dieser geistvolle Mann die Dummheiten eines verliebten Unterleutnants hersagte, hörte sie ihm mit zerstreuter Miene und ganz gerührt zu, aber innerlich lachte sie.

Als d'Arthez auf der Straße stand, fragte er sich, ob er nicht minder achtungsvoll hätte sein sollen. Er ging in seinem Gedächtnis noch einmal alle jene vertraulichen Mitteilungen durch, die hier natürlich stark abgekürzt worden sind – es hätte eines ganzen Bandes bedurft, um sie in ihrer Honigfülle und mit allen Begleitumständen wiederzugeben. Der rückblickende Scharfsinn des so natürlichen und tiefen Menschen wurde durch die Natürlichkeit dieses Romans, durch seine Tiefe und durch den Tonfall der Fürstin irregeführt.

»Wirklich«, sagte er sich, als er nicht einschlafen konnte, »es gibt solche Dramen in der Welt; die Gesellschaft bedeckt solche Gräuel mit der Blüte ihrer Eleganz, mit dem bunten Gewirk ihrer Nachrede, mit dem Witz ihrer Berichte. Wir erfinden stets nur die Wahrheit. Die arme Diana! Michel hatte dieses Rätsel vorausgeahnt, er sagte, es gäbe unter dieser Eisschicht Vulkane! Und Bianchon und Rastignac haben recht: Wenn ein Mann die Größe des Ideals und die Genüsse der Begierden vereinigen kann, indem er eine Frau von guter Lebensart liebt, eine Frau von Geist und Takt, so muss das ein namenloses Glück sein.« Und er sondierte in seinem Innern seine Liebe und fand, dass sie unendlich war.

Am folgenden Tage kam, getrieben von einem Übermaß der Neugier, Frau d'Espard, die die Fürstin seit mehr als einem Monat nicht mehr gesehen und kein einziges verräterisches Wort von ihr gehört hatte. Nichts konnte lustiger sein, als die erste halbe Stunde der Unterhaltung dieser beiden feinen Schlangen. Diana d'Uxelles hütete sich davor, von d'Arthez zu reden, wie sie sich davor hütete, ein gelbes Kleid zu tragen. Die Marquise schweifte um dieses Thema herum, wie ein Beduine eine reiche Karawane umschweift. Diana amüsierte sich, die Marquise war wütend. Diana wartete; sie wollte ihre Freundin ausnutzen und sich in ihr einen Jagdhund schaffen. Von diesen beiden in der gegenwärtigen

Gesellschaft so berühmten Frauen war die eine stärker als die andere. Die Fürstin überragte die Marquise um Haupteslänge, und die Marquise erkannte innerlich diese Überlegenheit an. Vielleicht lag darin das Geheimnis dieser Freundschaft. Die Schwächere schmiegte sich in ihre falsche Anhänglichkeit hinein, um der von allen Schwachen so lange erharrten Stunde zu warten, in der sie der Stärkeren an die Kehle springen konnte, um ihr das Mal eines frohlockenden Bisses aufzuprägen. Diana sah das sehr wohl. Die ganze Welt ließ sich von den Schmeicheleien dieser beiden Freundinnen täuschen.

In dem Augenblick, als die Fürstin auf den Lippen ihrer Freundin die Frage erkannte, sagte sie: »Nun, meine Liebe, ich verdanke Ihnen ein vollkommenes, unermessliches, unendliches, himmlisches Glück.«

»Was wollen Sie damit sagen?«

»Entsinnen Sie sich, was wir vor drei Monaten in diesem kleinen Garten auf der Bank und im Sonnenschein unter dem Jasmin besprachen? Ach, nur die genialen Männer verstehen zu lieben. Gern würde ich auf meinen Daniel d'Arthez das Wort des Herzogs von Alba an Katharina von Medici anwenden: ›Der Kopf eines einzigen Salms wiegt die Köpfe aller Frösche auf.‹«

»Ich wundere mich nicht mehr darüber, dass ich Sie niemals sehe«, sagte Frau d'Espard.

»Versprechen Sie mir, wenn Sie ihn sehen, ihm kein Wort über mich zu sagen, mein Engel«, sagte die Fürstin, indem sie die Marquise bei der Hand ergriff. »Ich bin glücklich, oh, glücklich über alle Worte hinaus, und Sie wissen ja, wie weit in der Gesellschaft ein Wort, ein Scherz gehen kann! Ein Wort tötet, so viel Gift kann man hineintun! Wenn Sie wüssten, wie sehr ich Ihnen seit acht Tagen eine gleiche Leidenschaft gewünscht habe! Kurz, es ist süß, es ist ein schöner Triumph für uns Frauen, unser Frauenleben in einer glühenden, reinen, hingebenden, ganzen Liebe zu beschließen und in ihr einzuschlafen, zumal wenn man sie so lange gesucht hat.«

»Weshalb bitten Sie mich, meiner besten Freundin treu zu sein?«, fragte Frau d'Espard. »Halten Sie mich für fähig, Ihnen einen schlimmen Streich zu spielen?«

»Wenn eine Frau einen solchen Schatz besitzt, so ist die Furcht, ihn zu verlieren, eine so natürliche Empfindung, dass sie Gedanken der Furcht einflößt. Ich bin absurd, vergeben Sie mir, meine Liebe.«

Ein paar Minuten darauf ging die Marquise; und als die Fürstin sie gehen sah, sprach sie bei sich selber: »Wie sie mich zurichten wird! Und wenn sie nur alles über mich sagen möchte! Doch um ihr die Mühe zu ersparen, dass sie Daniel hier erst herausreißen muss, werde ich ihn zu ihr schicken.«

Um drei Uhr, nur ein wenig später, kam d'Arthez. Mitten in einer interessanten Rede schnitt die Fürstin ihm das Wort ab, indem sie ihm die schöne Hand auf den Arm legte.»»Verzeihung, mein Freund«, sagte sie, indem sie ihn unterbrach, »aber ich würde vergessen, was ich sagen wollte; es scheint eine Albernheit zu sein und ist doch von der höchsten Wichtigkeit. Sie haben seit dem tausendfach glücklichen Tage, an dem ich Ihnen begegnet bin, keinen Fuß mehr in Frau d'Espards Haus gesetzt; gehen Sie hin, nicht um Ihretwillen und auch nicht aus Höflichkeit, sondern um meinetwillen. Vielleicht haben Sie sie mir zur Feindin gemacht, wenn sie zufällig erfahren haben sollte, dass Sie seit ihrem Diner sozusagen mein Haus nicht mehr verlassen haben. Übrigens, mein Freund, möchte ich nicht zusehen müssen, wie Sie Ihre Beziehungen und die Gesellschaft oder Ihre Arbeiten und Werke vernachlässigen. Ich würde noch einmal bis zum Äußersten verleumdet werden. Was würde man nicht alles sagen? Ich führte Sie am Gängelband, ich saugte Sie auf, ich fürchtete Vergleiche, ich wollte noch einmal von mir reden machen, ich wisse, wie ich meine Eroberung zu sichern habe, da ich ja nicht verkennen könne, dass es die letzte sei! Wer könnte erraten, dass Sie mein einziger Freund sind? Wenn Sie mich so sehr lieben, wie Sie mich zu lieben vorgeben, werden Sie der Welt den Glauben beibringen, dass wir ganz einfach Bruder und Schwester sind. Fahren Sie fort.«

D'Arthez wurde durch die unsägliche Ruhe, mit der die anmutige Frau ihr Kleid zurechtlegte, damit es elegant zu falle, auf ewig in Zucht genommen. In dieser Rede lag irgend etwas Feines, Zartes, was ihn bis zu Tränen rührte. Die Fürstin ließ all die bürgerlichen und unedlen Dinge der Frauen, die sich auf einer Ottomane Stück für Stück wehren und streitig machen, weit hinter sich; sie entfaltete eine unerhörte Größe; sie brauchte es nicht erst zu sagen: Die Vereinigung ergab sich zwischen ihnen in edler Selbstverständlichkeit. Es war weder gestern gewesen, noch sollte es morgen oder heute sein; es würde kommen, wenn sie beide es wollen würden; ohne die endlosen Heftpflaster dessen, was vulgäre Frauen ein Opfer nennen; ohne Zweifel wissen sie, was sie dabei zu verlieren haben, während dieses Fest für die Frauen, die gewiss sind, dabei zu gewinnen, ein Triumph ist. In jenem Satz war alles unbestimmt wie ein Versprechen, süß wie eine Hoffnung und doch gewiss wie ein Recht. Geben wir es offen zu: Diese Art der Größe findet sich nur bei jenen erlauchten und wunderbaren Betrügerinnen; sie bleiben auch da noch königlich, wo die andern Frauen Untertaninnen werden. Jetzt konnte d'Arthez den Abstand zwischen diesen Frauen und den anderen ermessen. Die Fürstin zeigte sich stets würdig und schön. Das Geheimnis dieses Adels liegt vielleicht in der Kunst, mit der die großen Damen sich ihrer Schleier zu entkleiden wissen; es gelingt ihnen, in dieser Situation den antiken Statuen zu gleichen; wenn sie noch einen Fetzen auf dem Körper behielten, so wären sie schamlos. Die Bürgersfrau sucht sich immer einzuhüllen.

Da d'Arthez in Zärtlichkeit eingesponnen war und durch die glänzendsten Tugenden gestützt wurde, so gehorchte er und ging zu Frau d'Espard, die ihre reizendsten Koketterien für ihn spielen ließ. Die Marquise hütete sich, d'Arthez auch nur ein Wort über die Fürstin zu sagen; aber sie bat ihn, an einem der nächsten Tage bei ihr zu speisen.

D'Arthez fand an diesem Tage zahlreiche Gesellschaft vor. Die Marquise hatte Rastignac, Blondet, den Marquis d'Ajuda-Pinto, Maxime de Trailles, den Marquis d'Esgrignon, die beiden Vandenesse, du Tillet, einen der reichsten Bankiers von Paris, den Baron von Nucingen, Nathan, Lady Dudley, zwei der verräterischsten Gesandtschaftsattachés und den Chevalier d'Espard, einen der tiefsten Männer dieses Salons, der die Hälfte der Politik seiner Schwägerin bedeutete, eingeladen.

Lachend sagte Maxime de Trailles zu d'Arthez: »Sie sehen die Fürstin von Cadignan sehr oft?« D'Arthez senkte zur Antwort auf diese Frage trocken den Kopf. Maxime de Trailles war ein »Bravo« von höchstem Rang; ein Mann ohne Glauben noch Gesetz, der zu allem imstande war und die Frauen, die sich an ihn hingen, zugrunde richtete, indem er sie trieb, ihre Diamanten zu verpfänden; dabei deckte er dieses Verhalten mit einem glänzenden Firnis, mit reizenden Umgangsformen und satanischem Witz zu. Er flößte allen gleichermaßen Furcht und Verachtung ein; da aber niemand verwegen genug war, ihm andere als die höflichsten Gesinnungen zu zeigen, so merkte er vielleicht nichts davon, oder er ging auf die allgemeine Verstellung ein. Er verdankte dem Grafen de Marsay die letzte Erhöhung, die er erreichen konnte. De Marsay, der Maxime seit Langem kannte, hatte in ihm die Begabung für gewisse geheime diplomatische Unterhandlungen erkannt, mit denen man ihn betraute und die er ausgezeichnet durchführte. D'Arthez war seit einiger Zeit genügend mit den Geschäften der Politik in Berührung gekommen, um diesen Mann gründlich zu durchschauen; und er allein stand vielleicht seinem Charakter nach hoch genug, um laut auszusprechen, was alle leise dachten.

»Deshalb gommt er auch so fenig in die Gammer«, sagte der Baron von Nucingen.

»Ei, die Fürstin ist eine der gefährlichsten Frauen, deren Haus ein Mann betreten kann«, rief der Marquis d'Esgrignon leise; »ich verdanke ihr die Gemeinheit meiner Ehe.«

»Gefährlich?« fragte Frau d'Espard; »reden Sie nicht so von meiner besten Freundin. Ich habe von der Fürstin niemals etwas erfahren oder gesehen, was sich nicht mit der erhabensten Gesinnung vertrüge.«

»Lassen Sie den Marquis doch reden«, sagte Rastignac. »Wenn ein Mann von einem hübschen Pferd aus dem Sattel geworfen wird, so findet er auch Fehler an ihm; und er verkauft es.«

Durch dieses Wort verletzt, sah der Marquis d'Esgrignon d'Arthez an und sagte: »Ich hoffe doch, dass der Herr mit der Fürstin nicht in einem Verhältnis steht, das uns hindern könnte, über sie zu reden?« D'Arthez bewahrte Schweigen. D'Esgrignon, der nicht ohne Geist war, entwarf Rastignac zur Antwort ein verteidigendes Bild der Fürstin, das die ganze Tafel in gute Laune brachte. Da diese Spötterei d'Arthez vollkommen unverständlich blieb, so neigte er sich zur Frau von Montcornet, seiner Nachbarin, und fragte sie nach dem Sinn dieser Scherze. »Nun, außer Ihnen – ich schließe das aus der guten Meinung, die Sie von der Fürstin haben – so sagt man, haben alle Gäste ihre Gunst genossen.«

»Ich kann Ihnen versichern, dass an dieser Meinung kein Wort wahr ist«, erwiderte Daniel.

»Und doch sehn Sie da Herrn d'Esgrignon, einen Edelmann aus der Perche, der sich vor zwölf Jahren um ihretwillen vollständig ruinierte; fast hätte er für sie das Schafott besteigen müssen.«

»Ich kenne diese Geschichte«, sagte d'Arthez; »Frau von Cadignan hat Herrn d'Esgrignon vor dem Schwurgericht gerettet, und so lohnt er es ihr heute!«

Frau von Montcornet blickte d'Arthez mit fast stumpfsinniger Verwunderung und Neugier an; dann hob sie den Blick auf Frau d'Espard und zeigte auf ihn, als wollte sie sagen: »Er ist umgarnt!«

Während dieser kurzen Unterhaltung wurde Frau von Cadignan durch Frau d'Espard gedeckt; aber diese Deckung glich dem Blitzableiter, der den Blitz anzieht. Als d'Arthez sich der allgemeinen Unterhaltung wieder zuwandte, hörte er, wie eben Maxime de Trailles folgendes Wort vom Stapel ließ: »Bei Diana ist die Verderbtheit keine Wirkung, sondern eine Ursache; vielleicht verdankt sie dieser Ursache ihr wundervolles Naturell; sie sucht nicht, sie erfindet nichts; sie bietet einem die durch raffiniertes Studium gefundenen Dinge als eine Eingebung der naivsten Liebe dar, und es ist jedem unmöglich, ihr nicht zu glauben.« Dieser Satz, der eigens für einen Mann von der Bedeutung Daniels vorbereitet zu sein schien, stand so festgefügt da, dass er gleichsam die Entscheidung brachte. Alle ließen die Fürstin fallen; sie schien abgetan zu sein. D'Arthez aber blickte de Trailles und d'Esgrignon spöttisch an. »Das größte Unrecht dieser Frau besteht darin, dass sie den Männern ins Gehege kommt«, sagte er. »Gleich ihnen vergeudet sie ihre Eigengüter; sie schickt ihre Liebhaber zu Wucherern, sie verzehrt Mitgifte, sie richtet Waisen zugrunde, sie schmilzt alte Schlösser ein, sie regt Verbrechen an und begeht sie vielleicht gar selber; aber ...« Nie hatte einer der beiden Männer, an die d'Arthez sich wandte, etwas gleich Kräftiges gehört. Doch dieses »aber« verblüffte die ganze Tafel; all die Gäste saßen da, die Gabel in der Luft und die Augen abwechselnd auf den mutigen Schriftsteller und die Meuchelmörder der Fürstin geheftet; man harrte in furchtbarem Schweigen des Schlusses. »Aber«, fuhr d'Arthez in spöttisch leichtem Tone fort, »die Frau Fürstin hat vor den Männern eines voraus: Wenn man sich um ihretwillen in Gefahr begeben hat, so rettet sie einen und redet über niemand Arges. Weshalb sollte sich in der großen Zahl nicht auch einmal eine Frau finden, die sich über die Männer amüsiert, wie die Männer sich über die Frauen amüsieren? Weshalb sollte das schöne Geschlecht nicht von Zeit zu Zeit Revanche nehmen? ...«

»Das Genie ist stärker als der Witz«, sagte Blondet zu Nathan.

Diese Lawine von Epigrammen wirkte wie das Feuer einer Kanonenbatterie gegen ein Gewehrfeuer. Man wechselte schleunigst das Thema. Weder der Graf de Trailles noch der Marquis d'Esgrignon schienen geneigt, sich mit d'Arthez zu zanken. Als der Kaffee serviert wurde, traten Blondet und Nathan in einer Eile zu dem Schriftsteller, die niemand nachzuahmen wagte; so schwierig war es, die Bewunderung, die sein Verhalten einflößte, mit der Furcht davor in Einklang zu bringen, dass man sich zwei mächtige Feinde schaffen konnte.

»Nicht erst heute erfahren wir, dass Ihr Charakter an Größe Ihrem Talent gleichkommt«, sagte Blondet. »Sie haben sich da nicht als Mann gezeigt, sondern als Gott. Sich weder von seinem Herzen noch von seiner Fantasie fortreißen zu lassen; nicht die Verteidigung einer geliebten Frau zu ergreifen – ein Missgriff, den man von Ihnen erwartete und worüber diese von Eifersucht auf den literarischen Ruhm verzehrte Gesellschaft triumphiert hätte – oh, erlauben Sie mir, es offen auszusprechen, das ist der Inbegriff aller privaten Politik.«

»Sie sind ein Staatsmann«, sagte Nathan. »Es ist ebenso fein wie schwierig, eine Frau zu rächen, ohne dass man sie verteidigt.«

»Die Fürstin ist eine der Heroinen der legitimistischen Partei; ist es nicht für jeden Mann von Herz eine Pflicht, sie ›trotz allem‹ zu decken?«, erwiderte d'Arthez kühl. »Was sie für die Sache ihrer Herren getan hat, würde das tollste Leben entschuldigen.«

»Er spielt vorsichtig«, sagte Nathan zu Blondet.

»Gerade als verlohnte die Fürstin der Mühe!«, erwiderte Rastignac, der zu ihnen getreten war.

D'Arthez ging zu der Fürstin, die ihn unter den Qualen der größten Ängste erwartete. Das Ergebnis des Experiments, das Diana selber herbeigeführt hatte, konnte ihr verhängnisvoll werden. Zum ersten Mal in ihrem Leben litt diese Frau in ihrem Herzen und schwitzte in ihrem Kleide. Sie wusste nicht, was sie beginnen sollte, wenn d'Arthez der Welt glaubte, die die Wahrheit sagte, statt ihr zu glauben, obwohl sie log; denn niemals war ihr ein so schöner Charakter, ein so vollkommener Mann, eine so reine Seele, ein so naives Gewissen unter die Hände geraten. Wenn sie so grausame Lügen gesponnen hatte, so hatte das Verlangen sie getrieben, die echte Liebe kennenzulernen. Diese Liebe fühlte sie in ihrem Herzen keimen, sie liebte d'Arthez; sie war dazu verurteilt, ihn zu täuschen, denn sie wollte für ihn die wundervolle Schauspielerin bleiben, die in seinen Augen Komödie gespielt hatte. Als sie Daniels Schritt im Speisezimmer vernahm, rüttelte die Erregung, das Zittern sie bis in die Untergründe ihres Lebens hinein wach. Diese Erregung, die sie während des für eine Frau ihres Ranges abenteuerlichsten Lebens niemals gespürt hatte, sagte ihr jetzt, dass sie ihr Glück aufs Spiel gesetzt hatte. Ihre Augen, die ins Leere blickten, umfingen den ganzen d'Arthez; sie sah durch seine Fleischeshülle hindurch und las in seiner Seele; der Argwohn hatte ihn mit seinen Fledermausflügeln nicht einmal gestreift! Die furchtbare Erregung der Angst führte den Rückschlag herbei; die Freude hätte die glückliche Diana fast erstickt; denn es gibt kein Geschöpf, das nicht mehr Kraft besäße, wenn es gilt, Kummer zu ertragen, als wenn es gilt, dem höchsten Glück standzuhalten.

»Daniel, man hat mich verleumdet, und du hast mich gerächt!«, rief sie aus, indem sie aufstand und ihm die offenen Arme entgegenhielt. Daniel ließ in dem tiefen Staunen über dieses Wort, dessen Wurzeln ihm unsichtbar blieben, seinen Kopf von zwei schönen Händen ergreifen; und die Fürstin küsste ihn keusch auf die Stirn. »Woher haben Sie das erfahren? ...«

»O du erlauchter Tropf! Siehst du denn nicht, dass ich dich bis zum Wahnsinn liebe?«

Seit diesem Tage ist weder von der Fürstin noch von d'Arthez ferner die Rede gewesen. Die Fürstin hat von ihrer Mutter ein kleines Vermögen geerbt; sie verbringt all ihre Sommer mit dem großen Schriftsteller in einer Villa zu Genf und kehrt nur im Winter auf einige Monate nach Paris zurück. D'Arthez lässt sich nur noch in der Kammer sehen. Seine Veröffentlichungen sind außerordentlich selten geworden. Ist das eine Lösung? Für alle Leute von Geist: ja; für jene, die alles wissen wollen: nein.